焦慮的開羅

一個瑞士臺灣人
眼中的埃及革命

顏敏如——著

2011年2月11日，有超過兩百萬示威群眾聚集在解放廣場上，要求穆拉巴克總統下台。（攝影者／Jonathan Rashad）

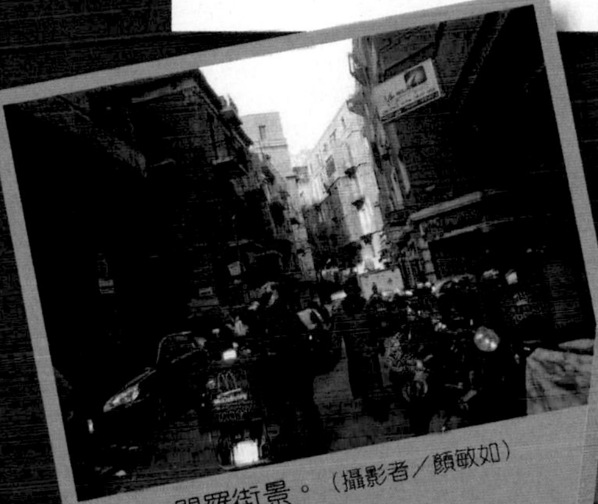

開羅街景。（攝影者／顏敏如）

示威現場。（攝影者／顏敏如）

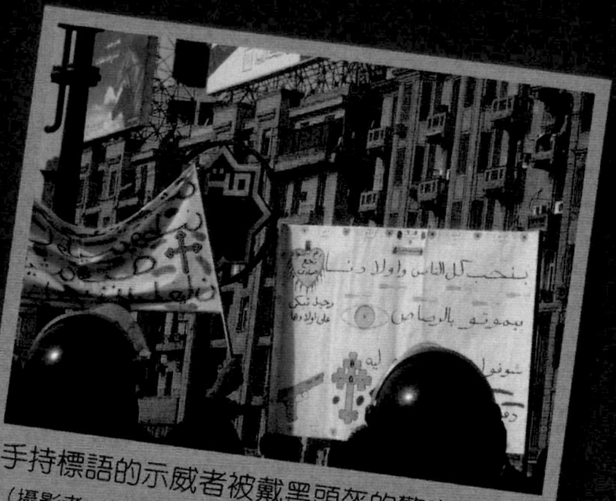

手持標語的示威者被戴黑頭盔的警察包圍。
（攝影者／顏敏如）

垃圾城一景。（攝影者／Matthias Feilhauer）

推薦序／顏敏如的「埃及行紀」

林長寬

埃及，中國史料稱之為「密失兒」（Misr），是否為「阿拉伯國家」？埃及人講阿拉伯語嗎？埃及是伊斯蘭國家嗎？這是個人常聽到的問題。十四個世紀以前，阿拉伯人（閃族）未進入之前，這地方曾經是「法老人」的國家，西元四世紀時變成東羅馬帝國的屬地。西元七世紀中葉之後，阿拉伯穆斯林將此地區變成「伊斯蘭境域」（Dar al-Islam），《古蘭經》語言的阿拉伯文遂成為此地區的官方語言至今。現代西方人將之視為「中東地區國家」。以上的歷史背景是非埃及人想理解這個國家目前的問題時所必須先釐清的。

「中東國家」（或伊斯蘭世界）的社會、政治、經濟、文化等狀況對臺灣國人而言，總是具有遙遠之感。隨著旅遊的開放發展，國人對此地方不再那麼陌生；然而，對這國家當前所面臨的問題所能掌握的資訊卻不是那麼客觀。「中東問題」或現代「阿拉伯」國家的走向與內部政治、經濟、宗教的問題，若無親臨其境，是無法體驗理解的。顏敏如的《焦慮的開羅：一個瑞士臺灣人眼中的埃及革命》，是她親臨埃及，深入探訪的一手資料。而她對埃及這個國家的見解更提出了大的空間，讓讀者去深入思索其問題所在，當然也刺激讀者去研究「中東」的現代史。

所謂的「阿拉伯之春」（此用詞有待商榷）雖然爆發於突尼西亞，事實上，其火種醞釀自埃及。「埃及」自脫離「歐斯曼帝國」（the 'Uthmānlıs, 1281-1924 AD）之後，歷經歐洲的間接殖民，方獨立為現代的「民族國家」。獨立後，整個國家的發展就一直陷入宗教與政治衝突的漩渦中。以前是「政教合一」的「伊斯蘭國家」；獨立後，則有人主張「政教分離」的世俗化政治制度方能跟上西方的腳步，發展成「現代文明國家」；但也有人不如此認為。世俗化主義者（Secularist）往往垢病腐化的宗教乃國家不振的主因；而伊斯蘭主義者（Islamist）則辯稱過去的十四世紀裡，伊斯蘭國家的發展，宗教與政治不是相輔相成嗎？西方的政教分離是理性主義發展的結果，但是在伊斯蘭史上，理性主義一直不缺席，它是宗教學者或是知識份子賴以對政治統治者監督的原則。過去的歷史中，宗教與政治總是維持平衡狀態，更何況，中世紀伊斯蘭輝煌文明的發展也是以理性主義為主導。當宗教學者或知識份子失去理性主義時，隨之而來便是政治與宗教的衝突；相對地也影響了「伊斯蘭律法」（al-Sharī'ah）的正常運作，甚至經濟的發展。

今日，埃及的西化者（或世俗化者）效法土耳其的「凱末爾主義」（Kemalism），試圖將宗教侷限在私領域中，擬將埃及「歐洲國家化」。可笑的是，土耳其至今仍無法加入「歐盟」，成為「歐洲國家」。「凱末爾主義」歷經半個世紀，已經見證了其為不可行而失敗，畢竟歐斯曼帝國七個世紀的伊斯蘭傳統與文化是無法拋棄的。事實上，伊斯蘭社會建立至今已超過十四個世紀，宗教與政治無法完全彼此排除取代之。受到刻板印象影響，西方人總是將伊斯蘭視為落伍，阻礙現代國家發展的絆腳石，因此鼓吹穆斯林要走西方「世俗化民主」路線。《古蘭經》、聖訓一直是穆斯林社會價值觀、秩序維持的準繩；卻也沒有明文規定穆斯林國家應該採取何種「政治體制」，但原則是不能背離「真主之道」（或稱之為「伊斯蘭律法」）。

近一、二十年來，重要的埃及穆斯林思想家、宗教學者如優素夫．格爾達威（Yusuf al-Qaradawi），已經開始思索如何在「西方世俗民主」與「伊斯蘭傳統」取得平衡，而發展出「中庸之道」（Wasatiyyah）的伊斯蘭體制。宗教之所以為人垢病，主要原因是它淪為政治的工具，而非監督政治的利器。一些穆斯林國家統治者將宗教作為箝制人民生活、思想的工具，導致「伊斯蘭」被與「恐怖主義」作連結。埃及的政治制度，至今仍是寡頭政治，離不開軍人的控制，這也是大部分穆斯林國家的問題；而有多少人理解這是歐洲殖民統治的後遺症呢？

「伊斯蘭與婦女」一直是西方女性主義者喜歡辯論的議題，而顏敏如的書也有不少篇幅討論它。究竟伊斯蘭經典如何看待婦女之地位、權益呢？恐怕很多討論者並無深入去研究。人的被創造一開始就沒有所謂性別、權益的差別待遇；但是為何總是有人（不論是西方人或是穆斯林）認為伊斯蘭沒有善待婦女。這是一個不易解決的問題，一切得回歸歷史與父系社會的主宰性，以及經典的詮釋與律法的應用。歷史上，穆斯林婦女的被壓抑實起自於穆斯林父系社會的壯大，男性宗教學者掌控了經典詮釋大權。前面提及，非理性的宗教學者往往偏頗地詮釋經典、法規，導致婦女地位、權益的受損。

不過，婦女權益的不彰並非只有伊斯蘭社會的現象，即使已開發國家，亦有這種問題存在。穆斯林婦女對其權益的看待與爭取，取決於她們如何以經典的詮釋來抗衡傳統父權主義者對經典詮釋權的壟斷。婦女往往會有「職業婦女」或「家庭主婦」之選擇的問題。男女之間所講求的是「對等」，身體結構的差異無法使得男女之間有「真正的平等」。「男主外，女主內」是伊斯蘭傳統所強調的，主張男女關係是「分權」，而非「搶權」，是「對等」的。不少穆斯林婦女寧可選擇作為「家庭主婦」，主導家務，培養健全的下一代；而不是離家與男人爭工作、地位。過去，穆斯林的社會地位，往往以對「真主」的虔誠度作為判斷標準；而現代則以財富、權位為依據。以前受到西方殖民的影響，穆斯林婦女的解放是脫掉面紗頭巾（Hijab）；最近二、三十年來，相當多的穆斯林婦女紛紛穿上Hijab，這又該當作何解釋呢？西方的美學是外顯的，因此女人試圖展現胴體線條之美以取得認同，但穆斯林婦女則未必採用此價值觀。伊斯蘭內隱的美學使得婦女穿上適合當地氣候、環境的服飾。簡言之，穆斯林婦女權益的保障，並非只做外在的訴求，而是其身心靈的自我捍衛。

宗教衝突是人類文明發展過程中常見的現象，也被視為文明衝突的主因。從歷史得知，絕對的一神信仰與偶像崇拜是無法相容的。伊斯蘭建立之初，對其他一神信仰採包容態度，阿拉伯人（閃族）早在伊斯蘭建立之前即有部族信仰基督教、猶太教，或其他「類一神信仰」。今日，這三種一神信仰者之間的衝突與迫害實為政治問題。在埃及，科普特（Coptic）基督教徒從十四世紀前的多數，至今淪為少數宗教群體，其原因相當複雜。歐洲基督教徒殖民伊斯蘭國家時，就不斷強調基督教信仰的優越性；而歐洲民族主義與世俗化主義的引入中東或其他殖民地，使得在地的基督教徒對其國家文化的認同更導向歐洲。埃及的基督教徒其祖先未必是阿拉伯人，但是經過阿拉伯穆斯林的統治後，早已被阿拉伯化，久而久之，因為阿拉伯語文的使用，他們也變成「阿拉伯人」。這種現象在巴勒斯坦亦然。

在埃及，今日穆斯林的迫害科普特基督教徒，基本上並非教義上的衝突。基督教徒之不容於激進穆斯林眼中，是穆斯林對經典的無知；然而，究竟有多少穆斯林真正理解經典之教義？迫害基督教徒對激進穆斯林而言是一種政治手段，一種奪權建立威權的藉口。「大眾是盲目的」，這使得政治人物有機可乘，利用人民的無知去迫害異己，不幸的是，基督教徒卻成為政治鬥爭的犧牲品。而無可否認的是，一些西方國家偏袒穆斯林國家中的基督教徒，更是激化了穆斯林對其基督教徒同胞的歧視；有些穆斯林更是無法忘懷歐洲殖民政府協助基督教會在殖民地的傳教與擴展，試圖解構伊斯蘭社會。埃及的宗教衝突問題並非特例，解決之道是透過對話，以國家多元意識來解決問題，更何況《古蘭經》也強調人類社群的多元性。

顏敏如的埃及行紀雖然字數不多，但卻是「醒人」與「省人」的著作，其所提出的問題與見解相當有價值，值得穆斯林與非穆斯林深入思索，特別是華人。她的有些觀點與詮釋雖非定論，但至少是以理性的態度去處理問題，其客觀性當然是存在的，這不像有些人一廂情願地誤信與批判。認識顏敏如已經好幾年了，這幾年來她持續地關注、觀察伊斯蘭世界的問題，她對這些國家的評論更具洞見。顏敏如是「臺灣華人」，也是「歐洲人」，她的觀點亦東亦西，是國際的。其書的描述埃及不是第一線記者的報導，她的文字讀起來輕鬆，具感性。故特此為序，感謝她提供華人讀者更具思考性的觀點。

林長寬

寫於鳳凰府城，二〇一六年六月十六日

*林長寬博士：伊斯蘭世界之宗教、歷史、文化研究者，曾任「台灣伊斯蘭研究學會」（TAIS）第一、二屆理事長，現執教於國立成功大學歷史學系。

推薦短語

《焦慮的開羅：一個瑞士臺灣人眼中的埃及》充分展現出作者對於埃及的關注、專業和敏感度。關心發生在中東事務的讀者不應該錯過這本好書。

——王經仁（國立政治大學阿拉伯語文學系助理教授）

前言

如果這書到了你手上，你正在翻閱，那麼就請找個清靜的地方，坐下來，慢慢讀完它。

不知怎的，總喜歡把開羅和巴黎聯想一起。是幾世紀前的畫作鍥而不捨地在腦海裡迴盪作用？同樣是河流的岸邊，大石粗土，人們或坐或站，也交談也沉思。不同的，是服飾。開羅的男人有頭巾，女人有大袍；巴黎男人戴著深色帽子，女人，著長裙撐花傘。在更早更早的時候，塞納河、尼羅河一樣靜靜地流；開羅的男人女人和巴黎的男人女人同樣去教堂，同樣敬拜據說從古老埃及出使，在西奈以東盤桓了多少千年，最終又回到尼羅河畔的那個神，唯一的一位。七百年之後，開羅人的唯一神換成了從阿拉伯半島遠征而來的那位，也是唯一。自此，尼羅河畔的男人女人，穿著和塞納河畔的相異，也分別有了自己唯一的神。換了神，換了衣裳穿著，也換了歷史進程。文學、戲劇、哲學、科技、詩歌、神學、建築、音樂、藝術、政治、經濟，以及繁複的簡單的民生，巴黎與開羅越離越遠，遠成了西方與東方；遠成了殖民與被殖民；遠成巴黎有自由，甚至放蕩的文藝潮流，開羅的文字出版必須受審，藝術呈現要受到宗教干預；遠成巴黎近郊有著警察不願或不敢進入的半禁區（semi-no-go-zone），而開羅民屋的樓頂則是不堪入目的貧民窟；更遠成巴黎一條法式長條麵包（baguette）就要等於開羅人一頓可舍里簡餐（kosheri）的價錢。

然而，二十一世紀初的現在，巴黎和開羅令人迷戀也令人驚訝的遙遠與相異，卻蛻變成擁有相像詭譎面貌飄浮在大城上空的恐怖幽靈。

巴黎與開羅從未如此相近與相似。

這兩大城的近似是因為它們同為遭受伊斯蘭激進份子攻擊國家的首都。觀光客機無端爆炸，購物吃飯時無端被殺。美麗花都與幽古大城都有理由焦慮與惶恐，只是開羅比巴黎更甚了，埃及比法國更害怕了。因為法老們的子孫正與近代人類史上罕見的殘暴組織正面對峙；埃及國境東邊的西奈半島以及國境西邊隔鄰的利比亞北端都是由「伊斯蘭國」（ISIS）操刀主持。這批擎著大黑旗的變體人在中東兩三年騷擾之後逐漸失勢而竄流北非。而埃及，由於革命，動盪五年，至今仍如同開刀出院的病人，元氣尚未恢復，便要對付內部、外部，潛伏四周隨時躍出吞噬人命穿刺和諧的怪獸。埃及內部有恐怖份子鼻祖穆斯林兄弟會（Muslim Brotherhood）的威脅，更有來自伊斯蘭國的致命攻擊。總統西西（Abdel Fattah el-Sisi）必須撐起不讓埃及經濟崩潰、政治破產的重任，更要負責埃及百姓的生命安危，雖然不通令全國進入緊急狀態，以避免擾民與更加敗壞在國際上的名聲，警方與情報系統卻是異常活躍。而在政府特別倚重系統中的人員，有如中共文革時代巷弄裡擔任監督的小老太婆，誰家有來客，誰家裡的誰說了或做了什麼，老太婆都要據實以報。給一個平常人特殊的小權力，他絕不放棄的，就是膨脹、加冠他在手中的小權力。目前讓國際垢病的，便是西西的「殘暴政權」、便是埃及恢復軍人執政並迫害人民、便是埃及革命後比革命前對民眾的鎮壓更多，手段更猛烈……。正像蒼蠅見到蜜糖一般黏貼在開羅四處的西方NGO，他們以自己進步國家對人權無限擴大詮釋的標準來衡量西西的作為，並「教導」開羅年輕的部落格寫手如何揭發政府的罪狀。寫手們的高昂聲譽竟然是建立在汙衊、嘲弄、貶損的基礎上。哪個國家的新世代不是如此？他們不是第一批，也不是最後一群。

目前西西政權的挑戰有如上世紀中期臺灣中華民國政府的困境。現在的西西必須根除兄弟會和「伊斯蘭國」，當時的蔣中正必須鎮壓台灣共產黨與中國共產黨。這些根除與鎮壓，成天忙碌營生的人民看不見或不知情。因著寧可錯誤也不可錯失，也因著有小權力的人必定膨脹權力，民眾無故失蹤，或刑求虐待，或無辜判刑，或無罪處死等等事件就成了執政者無法去除的汙點；卻沒人問，少了這些抵擋手段，國家會有什麼下場？兩難，奈何！

這是一個全球焦慮又不安全的時代。連安靜得幾乎不存在的中立國瑞士民眾都希望能加強軍隊與警方的力量，並願意犧牲一些自由與隱私以換取更多安全和保障，更何況是處於攻擊中心之一的埃及！穆斯林兄弟會的武力抗爭是因為要奪回政權，然而他們所推舉的穆爾西，正是被多數民眾因巨大失望而唾棄。「伊斯蘭國」是謬誤的意識型態作祟，認為所有和他們不相同的穆斯林就是叛徒，和西方國家有瓜葛的伊斯蘭國家就是叛教，叛教、叛徒的下場只有一死；

他們要弭平任何建立純淨伊斯蘭國的障礙。

埃及革命期間的Facebook大功臣威爾・戈寧（Wael Ghonim），在幾年後的TED演講中否定當初社交媒體所帶來的益處，認為新形態的聚眾媒介其實是分裂民眾的禍首§。然而臉書無罪，在Google任職的戈寧應該明白，社交媒體兜攏的原本就是以個體主見出發且容不下異意的群眾圈。革命後，聚集分散了，巨大的群眾圈爆破了，形色不同的主見又開始圍聚容不下其他異已的人們。埃及革命後的紊亂是自然演變的結果，缺乏預先設計的藍圖而聚眾突發的大規模政治運動才是致命的原素。

中華民國成立之初正如目前埃及或其他受到阿拉伯之春影響的伊斯蘭國家，革命後必定面對難以預先洞察的紊亂以及武力集團奪權的野心。不同的是，遭遇多少失敗與掙扎的辛亥革命有建國大綱的引導，有軍政、訓政、憲政等可依循的建國步驟；而阿拉伯國家，不但必須面臨一般而普遍的挑戰，更要和冥頑不靈的激進伊斯蘭鬥爭，這事容易？世界如何要求埃及革命之後，民主就要從天降下？

《焦慮的開羅》截水斷流，只反映出埃及二十一世紀初革命前、後的側景與背影。真正的埃及有如尼羅浩蕩，它的宏偉壯大，它的無邊傷痛，與任何國家民族無異，需要更多更細地了解。

讀這書吧！它不厚，不是嗎？

§ 編者註：威爾・戈寧（Wael Ghonim）在TED上的演講，〈讓我們設計真正推動改革的社群媒體〉。https://goo.gl/0KrgDK

目次

在那尼羅三角洲

從一個櫥窗走過另個櫥窗。從一家服裝店看過另家服裝店。我邊微笑邊搖頭，卻不發一語。燈光亮得恍如白晝，逛街的仍然是女人比男人多。然後我們不約而同地停了下來，停在一個人體模特兒跟前；她慵懶地斜臥在稍嫌擁擠的櫥窗裡，下身是一條長及腳踝的百褶黑窄裙，上身是件無袖，前襟開叉至腰際的金色上衣。M指著她，直視身影映在玻璃上的我，問：「妳會穿這樣的衣服嗎？」玻璃映出M被不同光線打擾的容顏疲累，他出差三藩市（舊金山）回來，生理時差尚未調回北非。

這模特兒吸引我們駐足，是因為她和她同等身世姐妹們的完全不對稱。她沒有紅色的頭巾、紫色的毛衣或黑色的外套，也不把深灰上衣套在墨綠長裙上。她的特別是在中東女穆斯林包裹自己的氛圍裡，極不協調地出現歐美女人坦蕩蕩的自我暴露。

「如果我有一副成熟女人的身材，當然樂意穿上這一套。」我答。M稍稍咧著嘴，又說：「妳一路上都微笑些什麼？」原來M一直偷偷注意著我。「我笑，是因為這些色彩讓我回想起四十年前，臺灣夜市地攤上的衣服。」

這城，大而古老。八百萬人天天雜沓，卻也不把地走出個火山口來。從何處開流，近七千公里的長河，到了這兒，便把城割劃出東西兩岸，讓彼此遙望對方。寬河中的島乘載著許多商家營生，兩岸則分別理會著自己的春秋，岸與島之間的巨橋是任由車輛馳騁的巨人手臂。這般岸、水、島、水、岸的態勢，就像雨天路中分歧的水窪，讓人必須幾乎跳躍般地踩著它們之間的溼地前進。沒有了島，河面就要寬闊，岸與岸就要遙遠起來。一桅帆船（felucca）只悠閒地漫波河面，毫無往北溜滑入地中海的能耐。

「現在我要帶妳去開羅城無人不知的麗榭咖啡（Café Riche）！」M好興致地說。「不是無人不知，是像你這種社會階級的人才知道。」M不答腔。我語音一落，才警覺自己或許說錯了話。M在我面前一向過度小心。對於他自己不確定的，或他不確定我會怎麼反應的，一貫保持沉默。我正相反。我害怕兩人獨處時的無聲，常常強迫自己把話語填滿時間、空間才放心。

我們徒步穿過幾條明亮的商街，以及幾條暗淡的邊街，晚間八時的開羅，生活似乎才正要開始。

麗榭咖啡座落在交通樞紐解放廣場（Tahrir Square）附近，是歷來知識份子喜歡光顧的餐廳。而一九一九年，連女人都曾參加的那場反對英國統治蘇丹與埃及的革命，這餐廳也是行動的聚集地之一，革命夥伴就在這地下室祕密印製傳單。§這事我不提，免得掃興。我了解M有意介紹對他熟悉，對我陌生的，特別這裡是他的國家、他的城，我的不明不白必須顯得理所當然才行。M在暗地裡和我較勁，卻不自覺。任由他的男性尊嚴自在發展吧，我懶得理會。男人總以為懂得比別人多，總以為擁有能夠在女人面前招搖的豐沛知識，便可以增加自己的魅力與風采。全世界男人身上都看得到這種自以為是的鑿痕，越往東去，越是明顯。

§ 編者註：一九一九年的埃及革命（Egytian Revolution of 1919）中，女性示威者也加入了革命的行列，這在當年來說可謂十分「進步」。而在該次革命之後的一九二二年，英國政府終於承認了埃及獨立國家的地位，儘管蘇伊士運河仍牢牢地控制在英國手中。

推開輕簡的玻璃門，一眼潔白的桌布與寬敞的座位，牆上是多少名人泛黃了的照片，大面鏡子映出他們的頭像，讓名人們無言相覷。三葉片老式風扇倚老賣老地盤踞天花板；二月天，它們停止不轉。寬窗自上至下分了三層，最下層加上簾子，讓餐廳裡外的人互不干擾。「怎麼這餐廳這麼長？」我四下瀏覽，輕聲地問。「這事簡單，」M隨手接過我脫下的外套，掛好。「妳先坐下，別忙著好奇。」我乖順地照做，看他從西裝內袋掏出眼鏡，盯著由侍者送來，爬滿軟蟲的菜單。「軟蟲」的說法，是因為我覺得，阿拉伯文怎麼看怎麼像蚯蚓。

「妳吃過了嗎？」

「沒。」

「這下難了。」

「怎麼說？」

「現在是晚上八點多，妳不吃地上爬的、天上飛的，也不吃甜的……」

「你呢？你想吃什麼？」我隨口問。

「我吃過了。」只約見，沒約定做什麼。現在突然「不平衡」地同坐餐廳裡，我沒理由責備他不和我共進晚餐。

「妳喝個豆子湯吧。這東西埃及才有。」吃的事情便由M做了主。「好，現在回到這餐廳的事情上。」M說。他收起眼鏡，為我點了湯，給自己要了杯紅茶。M是習慣安排事情的次序了，難怪他能設計出那麼複雜的小說情節。「我們坐的地方過去是個走廊，右牆本來是這棟樓的表面，左牆是後來增蓋的，前後分別圍起，再加個門，就成了。」

餐廳裡，人不多。以埃及所得分配和社會階層的懸殊來看，M所光顧的地方見不到芸芸眾生。真要爆滿了，也一定只是充斥著外國使節、商賈或觀光客。M出身外交世家，開著日本進口轎車，出入外交官俱樂部，玩牌、郊遊、打球、海邊渡假，到世界各地出差，生活全和一般百姓產生不了交集。他行為低調，言談謹慎，大方而有教養，讓人願意接近，也不讓我排斥。

我從袋裡拿出書來，把封面給對座的M看。「啊，這版本我還沒見過！」他一把拿了去。這是他已出版的阿拉伯文小說，自行英譯後，現在也有了英語版本。剛發行時是精裝本，現在是平裝印刷。封面設計不但大幅改變，彩色也成了黑白。輕些、簡便些，也便宜些。

「所以妳買了，也讀了。」

「是的，我買了，也讀了。」

M面無表情，不再說話。我知道他焦急想要知道我對這書的評價，卻也不想知道我會有什麼看法。更好說，他期待我的正面反應，卻也沒有把握我能迎上他的期待。我是他文學上的一面鏡子，他害怕，或更好說，他害羞看到真實的自己。他越是把自己藏得很好，我越是有興致捉弄他。於是我拿出準備好的單子，說：「請看書裡第七十九頁，第二段，倒數第六個字，是不是少了個e？再來是第一百零八頁，第十一段，第九個字，a和d倒反了？……」

「妳讀得那麼仔細？」

「我看書向來緩慢，因為文字神聖，而且我也希望能讀出寫字人字裡行間所隱藏的意向，以及他的選字手法。」我答。

不同於一九八八年諾貝爾文學獎得主納吉布·馬哈福茲（Naguib Mahfouz）對上個世紀幾代人生活的描述，不同於阿拉伯文學界短篇小說鼻祖優素夫·伊德利斯（Yusuf Idris）對窮苦小人物的體貼與了解，不同於阿拉·阿斯瓦尼（Alaa al Aswany）對開羅近代社會變遷的交代，也不同於卡雷·貝里（Khaled al Berry）對於叛逆所必須付出代價的省思，M小說的時空座標是上個世紀末開羅城高級區段瑪阿迪（Maadi）的摩天樓。他將頹廢富人們的遊戲，以阿拉伯世界少有的偵探推理體裁，以精純的文學語言，利用魔幻做為部分背景設計的多重結構，迂迴繞過政治與宗教檢測的範疇，對當前的埃及社會做了謹慎的批判。

把這些對M提了，他聽得目瞪口呆。「還有，我喜歡你把房角小圓桌上的白玫瑰，和被姦殺的年輕女演員阿賀蘭（Ahlam）做為比喻的串聯。白玫瑰把她的美麗與清純表現得淋漓盡致，你讓白玫瑰的永不凋零，正是阿賀蘭屍魂永不放過她兇手的象徵，這是到最後讀者才恍然大悟的。你的心思怎麼細得像個小女人？」M尷尬地笑笑，看來他拿捏不出這話到底是褒、是貶。「還有，你怎麼會想到把一些有嫌疑的人聚集起來開召魂會？」我問。這是他小說中不容易了解的一段。

「妳知道收回蘇伊士運河主權的納瑟§死後，我們的領導階層人心惶惶，當時就有人聚集

§ 編者註：賈邁勒·納瑟（Gamal Abdel Nasser, 1918-1970），曾任埃及總統，埃及現代史上最著名的領袖之一。軍人出身，帶領軍官組織「自由軍官」運動，透過軍事政變推翻了英國支持的埃及國王，建立共和政體，是為七月革命。

起來開召魂會，希望能夠得到納瑟靈魂的指示。」M答。

「不可思議！二十世紀五十年代的埃及領導菁英竟然還有這種舉措。」

「古代爭戰之前不也占卜祈運？再驍勇善戰的軍官，再有豐功偉業的領導人，也都有不知所措的時候。納瑟是個強勢總統，他一死，整個埃及政府幾乎成了真空狀態……」M解釋著。

「所以你借用了這個事件的形式與內涵做為你書內讓兇手現身的圈套？」

「沒錯。」

「一方面是人性軟弱面的表達，另方面是種譏諷？」

「沒錯。」

「所以一方面你尊重也接受人性的軟弱，另方面卻也不屑於這種軟弱？」

「沒錯。」

「因為你是笛卡爾的信仰者？」

「沒錯。」

「這豈不矛盾？」

「人類難道不矛盾？」

「那麼你的自我設限標準呢？」我問。

「自我設限？」M不解。

「每個寫字的人或多或少都會自我設限。有政治、社會、文化上的因素，不是嗎？像我就絕對不寫有關蘇黎世上、中、下游完整的娼妓產業，因為沒有必要提供有心人仿傚的依據。而順從『正確的政治』，壓抑知識份子的優異與卓越，就是晉升的尺度標準，這就導致膽怯和保守佔了上風。當然作家不一定是知識份子，可是知識份子免不了要舞文弄筆一番。現在你有雙重身分，說說你有什麼樣的『行為表現』。」

M向來非常謹慎，這應該和他在政府機構任職有關。我不認為「保守」是低貶的字眼，「膽怯」則可以是傷人的利劍；然而能夠自信到承認自己有時「膽怯」，或願意在成就多數人利益的情況下讓自己膽怯，又是另一番局面了。我有興趣知道M如何迎戰我的迂迴測探。

M偏頭想了一下，並不直接回答，而是忙著翻閱手上的書。不一會兒，「找到了，」他說，「把這段唸出來。」他遞書過來，手指著一行字：

你是我，我是你。除了「以為人可以有自我」的錯覺，沒有任何事情可以分開我們。時間是一個整體，我們交換了位置……空間是我們共同的遺產。愛與被愛，壓迫者及受壓迫的人，劊子手和死刑犯……其實我們也就是他們。

現在換成我必須想想了。M是執意謹慎到底，正如他的書，對於敏感議題只提問，不做答？還是他已達到第三層次的「見山是山」，看世事如春風秋雨、花開花落，批評者也就是被批評的人？啊，他怎麼又一次巧妙地避開我的追問！

「我知道妳對埃及各方面有許多的不信任。從已開發國家的角度看開發中國家的社會現象，妳的反應很正常。」M見我不答腔，便轉了話題。

「我沒有以貶抑態度做批評的必要，我總認為，和土耳其一樣，埃及在當今國際衝突中有吃重的角色要扮演，也就是，埃及應該有能力拉近東西方意識形態上的距離。以這個考量為基礎，我非常希望埃及能剷除阻礙內部自我批判的障礙，說穿了，就是要有言論與表達的自由。」我誠懇地說。

「講得好！」M重重地點頭，說：「大部分人把全球化的重點放在經濟層面討論，卻不知道全球化對文化界的影響。」

「說說看。」我想知道更多。

「資訊大量竄流是激起文化界起而行的最大動能。二〇〇五年夏天，作家和藝術家變革運動（Writers and Artists for Change）正式成立，這是一個表明要挑戰政府的組織，反對穆巴拉克§連任。他們聲明，傳統上埃及的作家和藝術家就是革新、改變的先鋒，除了要求政治上的民主、平等、透明以及可以有示威權利之外，也要求政府退出文化產業，撤消各種形態的檢查、威嚇，歸還文學、藝術、學術上的自由。他們也結合由法官、記者、教授所組成的人民爭取變革運動（Popular Campaign for Change）、『夠了！』變革運動（Kifaya Movement for

§ 編者註：胡斯尼・穆拉巴克（Hosni Mubarak, 1928-），從一九八一年至二〇一一年被阿拉伯之春所引發的埃及革命推翻前為止，總共當了長達三十年的埃及總統。

Change）、青年變革運動（Youth for Change）以及其他人權鬥士，聲勢浩大。」

「有意思！結果呢？」

「沒有結果！」M喝了一口茶，我才發覺自己的豆子湯早已涼了。

「因為政府既是判官，也是贊助者？」我無奈地說。

「咦，妳怎麼知道？」

「我想到中國的情形。集權政府對文化界的措施大同小異。」

「這只是原因之一。文化人有各自的利益考量、不同的思想形態，他們意見分歧，單有讓政府退位的共識是不夠的，他們必須團結。」M指出癥結。我心想，埃及文化人是否不像某些中國文化人那麼容易被收買？

「還有，」我接腔，「你們政府不但知道文化人不團結的弱點，更利用不容易招至非議、不容易遭到批評的文化這個項目來提昇埃及在世界的形象，讓人以為埃及有個開明的，和宗教脫勾的，願意支持世俗文化人的政府，硬把原被看成是社會邊緣的文化事件排上政治議程。」

「怎麼說？」M問。

「二〇〇六年出席你們的諾貝爾文學獎得主納吉布．馬哈福茲葬禮上的都是些什麼人？是總統穆巴拉克、一干政治人物以及數千名穿黑衣的安全人員，文化人一個也沒有。你說，這種情形不更讓各國當笑話看！」

「不過，就我剛提的，全球化讓這個固若金湯的控制機制有了鬆動的跡象。許多私人出版社、翻譯社、電影、媒體、畫廊陸續出現，我們的畫作也進了世界藝術市場。」

「越是和國際接軌，政府就越難操控。就像水庫，閘門一開，水就再也不能倒流。」

「別樂觀得太早，埃及處於一個和其他開發中國家不同的景況裡。」

我想了想，才說：「你的意思是宗教？」

「對了！」

M要我先聯絡克莉斯汀，免得她忘了我要來，明天恐怕會白跑一趟。我不可能打這個電話。第一，克莉斯汀是記者，她一定習慣把所有的約定記下來；第二，克莉斯汀是在瑞士久住了的德國人，必定習慣人們怎麼約見。瑞士人在幾個月，甚至半年前敲定見面的時間與地點，是常有的事，除非有不可抗拒的因素，即使數月間沒有彼此的音訊，時間一到，往往準時赴約。是M太謹慎了，提醒我注意？還是他企圖要安排我的生活？

「你的意思是，宗教干預文化活動？」我對這議題有興趣，便迫不及待地問。

「正是。行話叫『街坊審查』。」

「街坊審查？從沒聽過。是埃及的特產？」

「它的定義是，宗教偏激份子以他們特有的保守價值觀強加在世俗的文化創作上，並且進行干預。」

「前所未聞，難以理解。」

M點了他的第二杯茶，我的第一杯。熱茶以玻璃杯盛著，燙手。杯裡有一小株薄荷，得自己把葉子拔進茶水中。

「確實是埃及特產，」我們各自喝了一口茶。啊，極濃！也許又會是個不眠夜了。

「我給妳舉個例子。」M繼續說，「L是在開羅美國大學（AUC, American University in Cairo）教歷史的女教授，也從事視覺創作。兩年前她在一個私人藝術中心開展覽會，就在開展的前一天被警方約談。理由是，把先知穆罕默德的話語寫在鞋子上，是種嚴重的褻瀆行為！」

「解釋吧。」這事對我有如天上雲彩，摸不著邊際。

「有人檢舉，為了展覽所印製的海報及卡片上可以看到許多鞋子，伊斯蘭蘇菲教派的銘文『我陪著那位提到我的人，提到我的那個人正陪著我』就寫在鞋子上。」

「然後呢？有什麼不對嗎？」

「認為不對的人，就是會看出不對的地方；不會覺得不對的人，一定看不出所以然。」

「你越說，我越糊塗了。」

「海報上是許多同樣尺寸的白色鞋模，排成一大圈，模子上有些細小的字。」

「所以？」

「L極力解釋，她是把做鞋子的模型洗乾淨後，以手把字一個個畫上去的。那些是鞋子模型，不是鞋子本身，而且是她親自洗乾淨的。另外，她認為那些字的排列獨具美感，內涵也有意義。」

「噢，懂了。這就是『把先知的話寫在鞋子上就是褻瀆先知』的由來。難了！不可過度批評當政者的尺度明顯，容易捏拿。宗教上的，就只能隨個人解釋了。這等於處處是地雷，卻又不知道地雷在哪裡。L在貴族大學工作，作品又受到肯定，可能因為太成功而變得大膽，註定要被盯梢。這叫，宗教面前，人人平等！」

「妳這麼快就下定義？」

「難道不是嗎？後來警方怎麼處理了？」

「警方表示，為了不引起更大的糾紛，勸她把海報拿掉。展覽在室內，不面對『公眾』，可以保留，展覽也不需要取消。」

「噢，警方反而成了保護者，保障創作的自由了。」我尖酸地說。M攤開雙手，無奈地笑著：「這不是皆大歡喜的結局嗎？」

「那麼，鞋模和字之間有什麼關係？鞋模在展覽會場是怎麼排列？又為什麼要那麼排列？除了鞋模還有其他的創作形式嗎？」

「妳這一系列問題，我沒辦法回答。我不在現場，沒看過展覽，只是從L在開羅美國大學的同事，教阿拉伯文學的女教授那兒聽來的。」

「在開羅美國大學教阿拉伯文學的女教授？你是指S？」我問。

「妳也認識她？」M也問。

「世界真小，我們三個人彼此認識，卻都不曾提起過對方。」

「是啊，哪天我們三個人聚一次吧。」M笑著說。

＊＊＊

大開羅約有八百萬人口，二百萬輛汽車。開羅的交通獨樹一幟，在世界其他城市不容易經驗到。它的亂，是某種存在於開車者與不開車者之間的默契。不論車輛還是行人，生存在路上的，都不把交通看成是一個整體，都只看到自己前面的某一個點，只要能從一個點到達預期的下一個點，就是成功，就是向前移動，就是距離目的地更近。開羅有某些街道不劃出路段白線，因為劃不劃線和交通秩序無關，只和築路公司的收支有關。在開羅街道行進，可以說話、飲食、思考，可以心不在焉，更可以目中無人，因為前進是停止的穿插，即使前進也是為下一個停止做準備。

在解放廣場尋找地鐵標誌並不困難，真正的挑戰是該從哪一道樓梯進入，到了地底又該如何分辨哪條路線通往哪個方向。走到把自己包得密不透風的女人面前打算買票。「change，change」，她指著對面另一售票口說。大概是一百元埃及鎊的紙幣找不開。另一票口是個男人把關。我再度拿出紙鈔。「fifty，fifty」他說。然後指指他手上的票本子：「one pound，one pound」。我愣了一下才明白過來。一票一埃鎊（作者按：一埃及鎊約是五點六台幣），我的紙鈔面額太大。好，遞上五十，他應該給我一張票及四十九埃鎊。這事簡單，卻不容易。錢一出手，我的旅行經驗立刻展開工作。票對了，可是他怎麼只給我四十四點五埃鎊？現在輪到我指著找回的錢說：「not right，not right」。那人嘟囔著什麼，不情願地給我五埃鎊。這下子我倒是白賺了五角錢！我對這多出來的兩三塊錢台幣興趣不大，倒是較欣賞他被我逼出來的誠實與慷慨。只是不明白，他如何結賬？

拿著克莉斯汀給我的標的建築名稱，前後問了三個男人。兩個人說了同一個應該要下車的站名，另一個有不同的主張。埃及的執政黨是「國家民主黨」（NDP, National Democratic Party），身在民主國家，我應當有民主舉措。於是服從多數，我決定在兩人都同意的那站下車。只是，下車之前必須先上車。這事容易，卻不簡單。週二早晨九點，不是假日也不是尖峰時間，地鐵列車來了兩趟，我卻擠不上去。原來此地有「不同的作業方式」，男人不讓女士先行。好不容易，第三班車來了，有人對我指指後段車。我趕了去，才發覺，原來後段是女性專用車廂。東京地鐵也有女性車廂，用意卻和開羅的大不相同。東京的考量是，不給男人有佔女人便宜的機會；開羅的考量是，不讓女人誘惑男人對她們佔便宜。後者是我對伊斯蘭的詮釋。

遵從民主，有時必須付出代價，比方說，下錯地鐵站這回事。克莉斯汀的敘述是，出了車站，往車行的方向走約二百公尺，左轉，看到一家四星級飯店，再左轉，便是她住的那條街。只是，我出站後看到的是個收了攤的市場，垃圾滿地，灰塵滿天，蒼蠅迴旋。迷路了！於是，再掏出一塊錢埃及鎊，再買票，再上車。雖然折騰了一大段，等到找著克莉斯汀的住處時，竟然比約定時間還早了三十分鐘。

瑪阿迪是開羅的高級地段，離紛亂的城中心約有半小時車程距離。克莉斯汀住的區域環境清幽，沙漠地帶有大片綠地當然奢侈得令人不敢想像，花木倒是有些。我搭電梯徒步上六樓，注意到每層樓只有兩家。選了正確的房門按鈴，卻沒人應。等了一會兒，聽見對房傳出人聲，我決定問明白，他們是否有個叫克莉斯汀的鄰居。開門的是位大眼睛太太，見我這陌生人，一開口便說英語，很快地，我們就站在門口聊上了。一個小孩跑進跑出，說是她的老三，另兩個較大的孩子就讀私立學校，學費比一般學校貴出數倍。一個約二十出頭的女孩購物回來，說是她的幫傭，今天會忙些，因為有客人要來。一個光頭男人走出房門搭電梯，說是她的丈夫，因為是自己的公司，上班遲些無所謂。

「克莉斯汀是我最好的朋友，我很了解，她絕不會忘記妳要來，一定有什麼事情耽擱了……」

又過了一會兒，克莉斯汀果真從電梯走了出來。她一摘下墨鏡，兩片紅唇便動個不停。克莉斯汀先向我道歉，說是繳電話費的事情讓她必須花時間交涉。隨後和鄰居太太寒暄一陣，她才請我進門。

「可以請妳把鞋子脫掉嗎？這雙室內鞋給妳。」我當然照做不誤。

「妳知道這裡的情形和我們西歐不一樣……」我一眼掃過，克莉斯汀至少有八雙鞋。

「沙漠啊，沒辦法……」我了解地接腔。

克莉斯汀的住處至少有兩百坪大，一式的白。白牆、白地，白的顏色連沙發也不放過。只有那一大塊繽紛的地毯及三兩個厚實木製的暗色小茶几，才透露出阿拉伯風味。

「我們喝綠茶嗎？」克莉斯汀站在小凳子上，從玻璃櫥櫃最上層拿出一套中式茶具。

「妳別忙，我在家通常用啤酒杯喝茶的。」我明白克莉斯汀的體貼，她希望讓我有「回家」的感覺。

「這不算什麼，待會兒還得請妳等我約半小時，報社會來電話。由於我和他們對於瑞士和利比亞事件的觀點不同，必須討論一下。」

克莉斯汀實在健談，她的德語在我耳邊飄飄飛逝。她告訴我，埃及政府機構有多麼官僚，貪汙有多麼嚴重。她告訴我，花了四十萬埃及鎊買的這個住房其實不貴，可是窗框的品質實在太糟，還得特地從德國進口。她告訴我，僱用鄉下來的女孩幫傭，費用雖然不高，卻常有小東西不翼而飛。

「妳剛看到對門的阿梅妮，她苛得很。女傭一天做十二小時，一星期只休息一天，每個月賺五百埃及鎊。為我工作的，幸福多了。我給的工資高，每週只讓她做五天。年輕女孩嘛，總要有點約會的時間，不是嗎？而且，關係維持好，對自己也是個保障，否則像我幾乎獨居，又常出差旅行，房子總得有個信任的人可以交代……」

電話鈴響，克莉斯汀跑上兩個階梯，把自己關在書房裡。她比常人高出十度的聲調，仍是清晰傳來說話的內容。我心想，阿梅妮認定克莉斯汀是她最好的朋友，克莉斯汀又怎麼看待這個苛刻的鄰居呢？

講完電話，克莉斯汀要我幫忙選傳給報社的照片。「挑五張傳到蘇黎世，讓他們自己決定需要的。」

「我知道埃及人也對足球瘋狂，他們從小就在這樣的地方練習嗎？」照片裡有一張是小孩在建築工地旁踢球，我順便問了。

「沒辦法，父母親到處打工，小孩只好跟著走。」另一張則是工地旁臨時撐起來的曬衣架，讓我想到城市裡的游牧生活。

「卡雷也踢球吧？」我問。卡雷是克莉斯汀十五歲的兒子，想必是上學去了。

「當然，他瘋得很。夏天時，常和朋友半夜兩點多鐘去踢球。」

「啊，為什麼？」我驚訝地說。

「白天熱啊。妳可以把沙漠裡的夏天和踢足球聯想起來嗎？」

我們在下午一點多出門。我打算請克莉斯汀吃飯。和西班牙一樣，埃及的三餐時間比一般遲兩個小時。據M說，這習慣是西班牙人學自他們的，我也不去追究。

「說說看克莉斯汀，妳有丈夫、有兒子，怎麼說是幾乎獨居？」二月天，太陽不豔。路上的灰塵特別多，我看著自己的黑鞋變灰鞋，閒閒地聊著。

「我兩年前離婚了，卡雷現在分別住在我和他爸爸那邊，有時也下鄉去找爺爺奶奶。」

「怎麼回事？」

「他有外遇。」

「他告訴妳了？」

「沒，是我自己感覺出來的。」

「他承認了？」

「沒。」

「妳就這麼確定？」

「當然。這事太簡單了。」

「怎麼說？」

「性！他在外面是否有女人，在床上就可以感覺得出來。不但如此，連他換了女人，我都可以感覺得到。」

「這就構成了妳離婚的條件？」

「當然。」

「穆斯林外遇、離婚的也很多嗎？」

「當然。」

「法律程序呢？」

「太複雜了，妳不會想了解的。埃及社會裡，伊斯蘭、基督徒、猶太人各有自己的一套。」

雖然克莉斯汀在埃及生活了十多年，要全盤了解不同宗教間的律法要求，恐怕也不容易。

「不僅是宗教對埃及的影響深遠，社會階級的差距雖然早已知道，真正情況必須到了這裡才能實際感受得出來。街上騎腳踏車，手上撐個大圓盤的那些人，妳知道吧？」我問。

「當然，我也拍過他們的照片，收入我在報社的部落格裡。」

「聽說大圓盤上的麵包極便宜，因為政府補助，保障人人有得吃。中產階級在店裡買，同樣的東西要付十五到二十倍的價錢。」記得M開車載我經過開羅街頭看到撐圓盤的騎車人時，是這麼對我說的。

「據我觀察，埃及的中產階級正在變化中。」克莉斯汀說，「較年輕的這一代有能力買車、買房、出國旅行、讓小孩上私立學校。這些人的月收入約二萬五千埃及鎊，也是近年來才有的現象。可惜這些人中的一大部分付給佣人低微的工資，卻儘量表現自己是個好穆斯林，以便鞏固社會地位。」

真壞！我心想。這違背我主張世界財富應平均分配的原則。

「這些人大都成長於上世紀六十年代，」克莉斯汀繼續說，「父母那一輩就已經是中產階級。那時候的人，一有錢就投資孩子的教育。比方我認識的安塔，他一出生就是穆斯林，對伊斯蘭卻一點也不熱衷，從小就去歐洲旅行，學了四種語言。還有個三十八歲的萊拉，她父母特別存錢讓她上開羅美國大學。這兩個人所享受的都是中產階級投資子女教育的典型，後來卻有不一樣的發展。萊拉嫁了個只會說阿拉伯語的虔誠穆斯林，安塔娶了一個在美國長大，完全世俗化了的埃及女人。萊拉和安塔雖然有差異相當大的選擇，可是要出人頭地的企圖心卻不分上下。」

我們邊聊邊找餐廳。克莉斯汀屬意的那家，不明原因歇業了，我們只好去別處碰運氣。

「埃及約有近九千萬人口，據我所知，百分之六十四蹲在社會底層，百分之三十一是中產，百分之五才屬於上層階級……」

「是沒錯，」克莉斯汀搶著說，「可是這些階層彼此間有了些更換和波動，妳大概不知道吧？」我搖搖頭。她繼續說：「原本受到家族庇蔭的那批人，直到五十年代，雖然仍有較高的教育程度，卻變窮了。因著納瑟的政策，下層階級的人有更多受教育的機會，用功的人當然就翻身了。後來得利於沙達特[§]的經濟開放，傳統上的上層階級就撈到了更多好處。現任的穆巴拉克注重市場經濟，在其他方面也做了革新。安塔現在就是成功的進口商，萊拉的先生有石油生意，我家對面阿梅妮的先生有家建築公司。」

我們走到了另一家餐廳。人不多，侍者問我們想坐裡面還是外面。我正猶豫著，克莉斯汀已經跨步往花園走了去。園子不小，一個亭子一個座位區。有的是給人純喝飲料的沙發座，有的是擺上桌椅的用餐隔間。我們轉了一圈，克莉斯汀嫌音樂太吵，我看到的是蒙上桌椅的那一層沙。離開這裡，總是還有地方可去。

「還有，」克莉斯汀繼續說。她閒步走著，似乎不急著找到合適的餐廳。「現在的政府釋

§ 編者註：安瓦・沙達特（Anwar Sadat, 1918-1981），曾任埃及總統。任內連同敘利亞對以色列展開贖罪日戰爭，後決定議和。與以色列總理在美國簽署大衛營協議（Camp David Accord）而雙雙獲得諾貝爾和平獎。一九八一年遭到激進伊斯蘭組織的暗殺，改由穆拉巴克繼任埃及總統。

出相當多的土地，讓人可以自由買賣，銀行也比較願意貸款給有意買房子的人，越來越多人搬入新社區。」

「知道嗎，克莉斯汀，妳說的這些讓我聯想到中國，當然中國的規模大多了。通常新興國家會走上資本主義發展的老路，前景也較容易預測。可是伊斯蘭國家就讓人難以掌握了……」

「妳看，這家怎麼樣？」正當我幾乎陷在思考裡時，克莉斯汀突然高聲說。義大利餐廳！在中東和北非（MENA, Middle East and North Africa）吃Pizza、Pasta？誰曰不可！

「妳來過嗎？」我問。

走上階梯後，開門進入，感到有些陰涼。

「沒。新發現。」克莉斯汀快快回丟我一句話。

深色木製桌椅上擺著小盆花朵，窗框上垂掛著美麗的蕾絲簾子。我們很有默契地選個靠窗的座位。

「妳剛剛談到哪裡了？」克莉斯汀問。她點了義大利麵，我仍是鍾情於大盤沙拉。

「中國的宗教全是進口的，而有些穆斯林離開伊斯蘭就像是沒穿衣服上街。差異這麼大的兩個社會，我很好奇會有什麼不同的發展。」

「安塔屬於少數的世俗派，不反對宗教，卻認為伊斯蘭和自由主義相衝突。他只要一個小孩，也把孩子送到世俗學校。他相信只要堅持、努力，就會成功，而且是靠人自己才能達成，和宗教扯不上關係。」

「那麼萊拉呢？」

「她完全是另一個方向。就像我剛剛在路上說的，萊拉屬於宗教派，他們佔埃及社會的多數。她的生活就像她自己所說的，『我是一個母親，我會全力幫助丈夫，卻不會外出工作』。她說這是伊斯蘭的要求，而且把因為照顧四個孩子，工作荒廢太久，無法再銜接的事實隱藏起來。就像許多新興的中產階級，宗教對她越來越重要。她也特別強調要把孩子送到伊斯蘭學校，他們在那裡也可以學好英語。萊拉還說，感謝阿拉賜給她一個好家庭，信仰帶給他們力量，讓他們努力工作、享受成功。」

「沒錯，有宗教信仰的人總有個心靈依靠，就好像擁有一個私人的心理醫生。問題在於，有多少人把自己的想望套上宗教的外衣，或假借超自然的權威，強迫別人接受？信靠宗教應該帶給人和諧、安詳，檢視自己是否有正確的宗教信仰，應該是看這宗教的教義、禮儀，以及信仰團體裡的成員是否會讓人恐懼、憂慮，不是嗎？」

「這還只是停留在個人層面，妳看那些政教不分的伊斯蘭國家，有多麼麻煩！」克莉斯汀把臉皺成一團地說。

「有趣的是，一般把伊斯蘭恐怖份子歸宗於埃及的兄弟會，而埃及就要算是政教分離的國家。」我說。

「嗯，還不全然是。」克莉斯汀似乎不以為然。「埃及本身有極大的矛盾，他們掙扎於政教合一與分離之間。政治上是共和政體，憲法上則確認伊斯蘭法為國家立法的依據。」

「這不難了解。」我把叉子放下，真懷疑自己是否能把這盤沙拉吃完。我繼續說：「《古蘭經》不僅是經書，也是法書。猶太教的經典不也一樣，甚至有些行止坐臥也都規定得一清二楚。總之，連世俗化了的，也還是穆斯林，他們和宗教的關係已經是種精神基因了，更別提那些激進份子，總不能不讓他們光著身子上街吧！」

「聽說過沒，一九二八年兄弟會成立是反抗英法對蘇伊士運河的霸佔才形成的民族運動。換句話說，伊斯蘭恐怖份子是西方帝國主義逼出來的。」克莉斯汀說。

「那是國際左派的標準說法。我的問題是，近代為什麼是基督徒殖民穆斯林，而不是相反？為什麼是歐洲殖民非洲、中東、中亞、亞洲，而不是相反？」

「噢，這我倒是沒想過。說說妳的看法吧。」克莉斯汀把盤子推到一邊，她大概也吃不完。

「別忘了，在英法之前是同樣信奉伊斯蘭的歐斯曼土耳其佔領。歐斯曼難道不是帝國主義？還有，西元前一千六百年至一千一百年之間，埃及曾統治大半個中東。難道這不是帝國主義？我總覺得，一個國家會有外侮，必定是它的內部先出現了問題，不夠團結，所以才讓人有機可乘。一個爛了的蘋果怎麼會不掉地？兄弟會有理由反抗英法帝國主義，卻沒有必要發展成恐怖組織。反抗綱領一旦成了唯我獨尊的意識形態，不是災難是什麼？……」

等到我們步出餐廳已將近下午四點。克莉斯汀等不到她兒子卡雷的電話，正擔心。

「怎麼不自己打電話給他？」我問。

「怕他怪我監控他的行動。」克莉斯汀答。家裡有青春期的孩子，需要謹言慎行的是父母。

「謝謝妳請我吃午餐。現在我送妳去搭地鐵。」我們邊走邊聊，來到了一條人較多的街上。

「好了，這條路妳一定不陌生。」

「沒見過。」

「咦，妳不是在這站下車然後走到我家的嗎？」

「我在一個連自己都不知道的什麼站下車。」

「怎麼找到我住的那條街？」

「問人。」

「怎麼問？妳不說阿拉伯語吧。」

「不難，找開高級私家車的人問，不就成了。妳不是說，有錢的中產階級受到較好的教育，強調要學英語嗎？」

＊＊＊

「在重現像卡塞．阿敏（Kasem Amin）這種歷史人物的思想時，我們的演出就不能只聚焦在他為婦女發言，或是他在《婦女解放》及《新婦女》這兩本書裡所做的分析，而是要揭示在十九世紀末開始的『卡塞．阿敏時代』如何讓社會、政治、宗教及文化有個嶄新的面貌……」

我讀著舞蹈團表演的簡介，想像著，除了肚皮舞之外，開羅舞者如何呈現自己。

恭胡里亞劇院（Gomhouria Theater）是個中型的表演廳，座位寬度、與前後座的距離令人感到舒適。廳堂裡的男女，衣冠講究、舉止高雅、輕言細語，回想兩個月前在特拉維夫看促賓·梅塔（Zubin Mehta）指揮以色列管弦樂團的演出，自是不同的經驗。開羅人自持、謹慎，特拉維夫人豪放、熱情。我喜歡人類，是因著他們的萬紫千紅。

觀眾席的照明暗了下來，舞台上亮起一盞盞小燈。女舞者穿著緊身衣及同質料的飄逸長裙，站在舞台上不同的位置，臉上套著的黑布向上延伸，綁死在天花板。女人們看不見，也無法離開所站立的「拘禁點」，只能痛苦地扭曲身體，做無奈的掙扎。不久，在沒任何人的幫助下，她們終於去除了黑布。掙脫桎梏後的女人不但跨步跳躍，更對著隨後上場的男舞者做誇大的嘶吼狀。接著，女人蜷曲著身體，在男人腳下不住地蠕動。當她們再度立起時，是一段優美如詩歌般的女性舞蹈。她們甩動如雲的黑色長髮，以赤裸的腳尖細緻點地，揮動的手臂有著無盡的訴說。她們高傲地展現自己美麗的體態，以睥睨的神情望向觀眾。這時的男舞者退居布幕後，燈光照映出他們可有可無、點綴似的身體擺動。後來他們才又出現在布幕前，和女舞者演出古典芭蕾常見的雙人舞。直到男女歡欣共舞，背景音樂才由古典曲調轉換成快節奏的迪斯可音樂，熱鬧非凡。短而密集的演出在一片歡悅和諧的氣氛中結束。謝幕時，觀眾熱情地鼓動雙手。我卻覺得，舞者得到的賞報應該更多。而在西歐社會，自認為很有格調並背負提高文化使命地讓平庸的表演者也可以謝幕三次的情形，在此地見不到。

開羅現代舞蹈團成立於一九九三年，是阿拉伯世界中第一支融合西方表現形態的舞團，對於埃及藝術及阿拉伯文明方面的議題，有獨到的肢體與舞台詮釋。十多年來，除了阿拉伯國家外，歐美各國，甚至亞洲的中國、韓國，也都曾目睹過他們的風采。舞團在阿伍尼（Aouni）的帶領下，演出頻繁。他一九九一年籌辦埃及國際現代舞蹈節，二〇〇二年成立了埃及第一所現代舞蹈學校，阿伍尼本身則以幾乎每年創作一支新舞的速度，將自己推向世界舞蹈界的前沿。他得獎無數，也受託於埃及文化部長，以舞蹈展現埃及的現代實力。

「奇怪，妳怎麼會知道這個舞團？今天有這場表演？我自己是開羅人，卻完全不曉得有這回事。」M邊走邊問。他剛結束和一個南美代表團的餐敘，趕著來接我。

「我不告訴你！」我微笑著捉弄他。

「不告訴我也行，妳資源多，可能比我還了解埃及。」

「少挖苦了。你是搭飛機上班的人，哪會知道地上發生的事。」

「說說看，對表演滿意嗎？」停車場上人多，我們先等在一旁。

「很動人，很讓我驚訝！說真的，『現代舞蹈團』的名稱讓我遲疑了一陣子，最後還是決定來看看。」

「這名稱不好嗎？」

「不是不好，而是它讓我聯想起西方六十年代以來的概念藝術或當代藝術。不論是肢體表演，或抽象、具象的藝術表現形態，只要有『概念』或『當代』字眼存在，都讓我害怕。」

「音樂呢？」

「也不例外。」

「舉幾個相關的例子吧。」M似乎不太知道我的意向。

「你喜歡看三種不同顏色的壓克力長條平行擺在一起，作品名稱是『無題』嗎？你喜歡看一小時的影片，內容就是把錄影機放在某個街頭，然後放棄它，讓錄影機『自編、自導、自演』嗎？還是你願意聽一段名為C大調的鋼琴音樂，其中只在一個八度音節裡把C、E、G三個音配上不同的拍子？」

「所以這些現代藝術創作只呈現『概念』？」

「或更好說，現代人喜歡呈現自我的、個人的概念。他只要你知道他在想什麼，至於你在想什麼，他沒有興趣知道，不願意有情感交流。」

「冷漠而封閉？」

「不知道是冷漠而封閉，還是已經失去流露真情的能力。不過，這只是我個人的解讀，不一定正確。總之，要接受這種形態的『現代』需要有些知識準備……」

「走吧，免得我們被鎖在停車場裡。」M催促著。我只顧聊天，沒注意到人群早已散去一大半。

車子平穩地滑出停車場。夜晚的開羅忘記了吵雜。月光下的尼羅河水粼粼。我們向著開羅塔的方向前進。「妳還沒告訴我對今晚『現代』表演的印象。」M故意加重「現代」地說。

「好，很好啊，至少有個主題，有個清楚的、要表達的方向。女舞者的身材也比較豐圓、比較有形，當然這是相對於西方古典芭蕾舞者硬竹竿似的身材而說的。」

「男舞者呢？」

「男人們的服裝不對！」

「不對？為什麼？」

「他們穿牛仔褲、白上衣、加上牛仔外套，不但和女人身上飄逸的布料不協調，一整場跳下來，不是又熱又不舒服？真不明白為什麼讓這些上街的衣服當舞裝。如果是舞劇，就比較好了解。還有，後半段是熱鬧、歡欣的，女舞者甚至有些傳統的肚皮舞步。可是那個矮小的團長阿伍尼突然站上舞台，其他人圍著他大跳熱舞。對我而言，他就像眼睛裡的一個異物，突兀而不協調。而且以他的年紀，和其他人同樣穿著牛仔裝，同樣揮手扭臀，怎麼看怎麼不舒服。我甘脆閉起了眼睛，不看！」

「噢，閉起眼睛！那麼，妳認為應該怎麼做呢？」

「不做，什麼都不做。阿伍尼不需要突然上舞台，讓原來的舞者做更多的發揮就行。正像我聽以色列管弦樂團演奏一位年輕女作曲家的音樂時所經驗的一樣。她的音樂有古典曲子的輝宏，也有現代流行樂的俏皮，這種結合是很難做到的，很了不起的成就。可惜接近尾聲那段就是敗筆了。」

「怎麼說？」

「她把一個打擊樂團的演奏，硬塞入原來曲子的結構裡，顯得非常不和諧。如果能把打擊樂分散在曲子不同的段落，而在其中一段特別加強的話，效果或許非常不一樣。」

「什麼打擊樂團？不在管弦樂團編制內的嗎？」M問。

「那是個特殊的團體，成員是街頭流浪兒。收容所選出有天份的孩子加入打擊樂團，讓有暴力傾向的孩子有個正確的發洩管道，提供比較退縮的孩子一個展現自己的機會。樂團本身好極了，卻是放錯了地方，和原來的曲子格格不入，太可惜了！有時候，減少其實是增多，不是嗎？或者，這是種『不協調的完美』？」我轉頭問M。他不置可否地聳聳肩。

我們雙雙沉默下來。是累了，腦子卻不住地想，十九世紀時，領導反抗英國勢力的阿賀梅．歐拉比（Ahmed Orabi）、薩德．匝格盧爾（Saad Zaghloul）、穆斯塔法．卡梅爾（Moustafa Kamel）等人都曾去過歐洲，都對歐洲的文學及自由風氣留下深刻的印象。他們終生護衛著內心的衝突，在理念無法付諸實現的情況下，這些代表著各種不同意識形態的衝突，只能成為空幻的夢想。而沒書寫成文件記錄的夢想只能是漂浮在腦海上的幻影，如同微小的細胞，聚集、再生，然後死亡。歷史雖自我重複，卻以不同的面貌出現，直到喪失其真正的本質。卡塞．阿敏呼籲解放婦女，他把母親、國家、未來等重擔放在女人纖細的肩膀上。二十一世紀的埃及是否已經成就了他的呼籲？

「對了，」我突然大聲說，M似乎受了些驚嚇。

「我還有其他的印象，我還看到不尋常的情況。」

「說說看。」M偏過頭來看著我。

「怎麼這裡的女舞者們都穿著胸罩！」

＊＊＊

「穆沙，穆沙，我們快點出發吧，我怕晚上趕不回來聽管弦樂團的演奏。」穆沙是個領有執照的好導遊，他今天恰巧不出勤，我卻不讓他閒著。我急著要到開羅南部的法尤姆（Fayom）去看看，他卻和司機聊個不停。

「不是我不願意出發，而是現在一出城就會卡死在車陣裡。我們不喜歡塞車，對不對？」

穆沙睜著他的牛眼看人，我也沒話說。

近十點，車子終於開動。高速公路上，竟然有人企圖橫跨穿越！兩旁公寓樓樣的巨大建築綿延數公里。不知是空氣汙染，還是沙漠反映陽光的現象，每棟樓似乎都被包圍在一層薄霧裡。

「穆沙，穆沙，這些樓怎麼了，為什麼每一棟都沒蓋完？」沒蓋好的樓房還成群結隊地排排站立，到底是怎麼回事？

「這，妳就有所不知了。法令規定，房子蓋好後才開始徵稅，所以沒蓋完的房子就不用繳稅。」

「為了不繳稅而把房子空著，我實在看不出建商得到什麼好處。」

「這，妳又有所不知了。」穆沙在前座，特地把身體側過一邊，好讓自己和在後座的我方便談話。「這些公寓大樓只是表面沒完成，其實裡面全做好了，早有人住進去了。」

怪哉！我心想。難道政府不了解這種貓捉老鼠的遊戲？還是其中有複雜的勾結？

「妳看到的開羅只佔大開羅的十分之一。大開羅原本包括兩個省，現在又要增加兩個省。尼羅河近七千公里長，埃及百分之九十人口聚積在境內的尼羅河流域……」穆沙又開始了他的職業病，也不理會旅客是否接納得了，他總是給出一大堆數據，景點介紹像背書般流利，我只半張著耳朵聽。開羅自古是非洲與中東地區最重要的政治、經濟大城，區域內的其他國家一旦有戰亂，便會湧進一批批的難民。只要尼羅河水不停止流動，開羅的人口便會繼續增長。

「我們很快會到達，妳要去法尤姆的什麼地方？」穆沙問。

「卡拉哈那（Qalahana）。」我答。

「沒聽過。妳知道在哪裡嗎？」

「不知道。」

「妳不知道卡拉哈那在哪裡，那麼妳去一個不知道的地方做什麼？」

「去看看。」

「什麼叫『去看看』？」穆沙皺著眉頭問。

「法尤姆地勢低，引尼羅河水灌溉，是埃及的糧倉，我要去看看騎驢的男人和灌溉設施。

還有，瑞士有個代表團在卡拉哈那做些社會工作，我想多了解。」我說。

「天，法尤姆是個省，不是一個城或一個鎮，還有，我和司機都沒聽過卡拉哈那，都不知道卡拉哈那在哪裡，要從何找起？現在妳要我們怎麼辦？」穆沙一副自己無辜，唯我是罪的樣子。

「你看著辦吧，我只要下午六點能回到開羅，晚上七點半能到達歌劇院門口就行。」我知道自己理虧，便撒起野來。穆沙又張大他的牛眼了，我覺得他正在瞪我。

車子在一棟建築物前停了下來。穆沙和司機下車。從那棟建築裡走出來一個人、兩個人，後來又增加兩個男人。約過了十五、二十分鐘，六個男人彼此握手道別。屬於我的兩個男人上車，車子啟動，他們一言不發，我也不敢開口問。

「埃及人很熱情，」穆沙突然回過頭來對我說，「他們喜歡幫忙，有時候幫得太多。」不明白穆沙這話是為了賺我一百二十塊錢美金，不得不委屈地執行「不可能的任務」而對自己的反諷，或是另有所指？我仍舊不敢開口問。車子在路上飛了起來。行道樹旁時有摩托車駛過，而載貨的驢車上，總有人悠閒地坐著。不多久，司機停車路邊，穆沙下車問路。四個男人正在捆綁實在看不出所以然的什麼東西，其中兩人似乎在對穆沙指出方向。最後回到車上的，除了穆沙還有路邊男人的其中一個。

「穆沙，穆沙，我付的錢是要我自己能全權使用這部車……」

「親愛的小姐，請收回妳那套資本主義的思考，這裡是埃及，這人要帶我們去卡拉哈那！」

「哇，你找到了！」

「這一路不就這麼問過來了嗎？」這次我看到穆沙瞪我的牛眼長得更大了。車輪在路上滾過將近半小時，我們來到一條塵埃不著地的泥土路。顛簸了一陣，才在一小棟白色建築物前停了下來。我們走近，看見小白樓的屋簷上釘著個木牌，木牌上是瑞士、埃及國旗圖樣，以及「淨水廠」、「協助發展」幾個英文字。兩個年輕人迎了上來，穆沙和他們交談了一陣才知道，瑞士在這個村子裡的工作已告一段落，整個小組遷移他處繼續支援。一聽，我愣在原處。大半天的尋找與折騰，竟然撲了個空。我慵慵地回到車上，坐定了，一動也不動。穆沙看我一言不發，也不敢打擾。司機更是在他的座位上「懸」著。過了好一會兒，我突然想到，「穆沙，和我們一起來的那個人呢？」這次換成是我睜大眼問他。穆沙緩緩迴身看著我，「不曉得。剛剛只急著幫妳探聽消息，沒注意到，大概是在路上隨便找個人載他回去了吧。」我頓了頓才說：「現在我終於明白，什麼是埃及人往往熱心幫忙了，穆沙。」那個人，放下自己的工作，為陌生人帶路半小時後完全不求回報地默默消失。是古老沙漠游牧習俗的發揮？

一個穿大袍子，把自己包得只剩兩眼的女人從車窗外走過。她趕著一匹驢子，驢背上坐了個小男孩。他們雙雙無語。驢子沉穩地走向永恆。泥土路凹凸難行。我盯著女人的赤腳，她不急不徐，每前進一步總要揚起小團泥沙。看著，看著，我彷彿進入了十八、十九世紀的上埃及，保守而安靜。

「穆沙，穆沙，我們去找女人們談話吧！」我突然興致高昂地說。

穆沙一聽，眼重、肩垂，說：「聽著，妳現在在埃及，在法尤姆，我是個男人，怎麼幫妳找願意和妳談話的女人？會被殺頭的！」

「為什麼？不同性別不能交談？」我心想，即便是離開了開羅城，穆巴拉克的埃及總不能是塔利班的阿富汗吧。

「倒不至於，只是不方便、不自然。最重要的是，她們是穆斯林，我是基督徒，如果有人誤會我有改變她們信仰的企圖，我會有生命危險。」穆沙解釋他愛莫能助的理由，我卻覺得他考慮太多。只是說幾句話，別人怎麼知道他是基督徒？又怎麼知道他是否打算改變別人的信仰？不過，埃及人彼此間細微的察覺，不是我這外人所能了解。停了停，穆沙突然說：「有了！我知道這附近有個修道院，今天是週五，那裡有許多女人可以談。」

「星期五和許多女人有什麼關係呢？」

「抱歉，我講太快。那修道院也有教堂，原本基督徒是週日做禮拜，可是在埃及這個伊斯蘭國家，週五放假，所以基督徒只好在星期五上教堂。」

「不行，不行，穆沙，我想了解埃及女穆斯林的生活，而不是女基督徒的情況，這你該明白。今天沒請你太太一起來，實在是個錯誤……」話一出口，我才發覺不對。穆沙不就立刻搶著說：「和女人談話是妳現在才臨時起意，原本我們連卡拉哈那都不知道在哪裡……」穆沙挑高了眉，懶得和我再說下去。他和司機交換了幾句，我們再度出發。現在穆沙真是導著我遊了，他的去向、意圖，全在我的想像之外。

氣溫逐漸升高，我坐在時時蹦跳的車子裡，有些昏沉。

「如果妳想多了解女穆斯林的生活，讀讀優素夫．伊德利斯的作品，他有許多對這些小人物的描述。」穆沙說。

「伊德利斯的短篇小說是呈現幾十年前鄉下的情況，現在一定有些改變了。我就是要知道目前的女人怎麼想。」

「妳認為會有太大的變化？」穆沙這話倒把我問住了。穆斯林的生活不過是人類生存活動的其中一種，然而由於近年來極端伊斯蘭信徒的恐怖手段，造成太多無辜者死傷，歐洲醞釀禁止在自己國家內的女穆斯林穿戴自頭頂至腳踝，蓋住全身的波卡罩袍（Burka），以及把臉遮得只剩雙眼的尼卡布（Niqab）等議題，使得伊斯蘭這個宗教以及穆斯林們的思維，成了宗教、哲思、社會、政治及軍事戰略等方面的國際顯學。不同於傳統的資源爭奪與勢力擴張，這波歷史上的國際衝突，比較是以西方為導向的一般性思維，與非要恢復伊斯蘭千年前光榮偏激意識形態的拉鋸戰。伊斯蘭這種「以不變應萬變」或「變化後就沒有依歸的恐懼」，讓穆沙的話越發真實起來。而不久前的趕驢女人不正是在無意間把我帶回了幾個世紀？那麼「除了變化沒有一樣是永恆」這話，又應該如何了解呢？

「現在我們要去哪裡，穆沙？」

「剛剛那村子裡的人告訴我，現在要去的村子也有瑞士的協助發展工作，妳不想錯過吧？」

「你怎麼沒告訴我？」

「妳給了我時間提嗎？別說女穆斯林了，妳自己又改變了多少？回答妳一個問題，其他五個問題會同時從妳嘴巴淘淘不絕氾濫出來。知道嗎？妳很奇怪。人腦哪能在同一時間內平行思考不一樣的事情！」穆沙說得對嗎？他怎麼能把一種不實的誇大，說得那麼順理成章？

這泥土路不寬，兩旁全是住家。車子慢了下來。穆沙和司機似乎正討論該怎麼走下去。這時，車右邊的住家走出來一位穿長袍、包頭巾的女人。穆沙探頭和她談話，應該是問路吧。不一會兒，穆沙催促我下車。

「為什麼？」我問。

「妳不是想和『現代』的女穆斯林談話嗎？」我一聽，趕緊抓起背包跳下車。

照例，進入穆斯林家裡之前要脫鞋。照例，第一腳踏入的地方是客廳，其他房間分別以門和客廳分隔開來。這似乎是人類起居空間的常態規劃。穆沙為我向這一家庭說明來意，一位包頭巾、張著大眼睛的女孩主動和我握手，並且以英語問候。相談之下才知道，原來這十二歲女孩還有個十七歲的哥哥，十歲的弟弟和八歲的妹妹。

「妳讓大兒子看MTV嗎？」我指著大電視問那媽媽，穆沙盡職地翻譯著。

「當然不可以。」媽媽說，「不過，他到村子裡和朋友們看什麼，我也管不了了。」我對他們好奇，他們對我，當然也不例外。只是她們的大眼睛總讓人有一眼就被看穿的錯覺。

照例，我得到允許，可以拍攝這家庭的各個房間。大女兒主動站在一個像似用來儲物的大房間中央，對著鏡頭微笑。小兒子領我到飯廳，自動站在十張高背椅其中之一的側面，他當然是照片的中心點。我盛讚這房子整理得井井有條，那媽媽卻回應說他們的家境相當好。後來進來了位鄰居太太和女主人談起話來。穆沙趁機快快向我說，近來有些波斯灣來的人口販子，到埃及鄉間以招募女工為名，把年輕女孩騙去當雛妓。也有些婚姻掮客，帶著男性觀光團來選幼妻。我當然直接聯想到這家庭裡的十二歲女孩。

大家席地而坐，穆沙是唯一的例外。

「我可以知道妳的年齡嗎？」我禮貌地問那身材豐滿的媽媽。

「三十五歲。」她大方地答。

「所以妳十七歲時就生大兒子了？」媽媽開心地笑笑。

「妳也會讓女兒早結婚嗎？」

「當然，如果有好男人要娶她。不過，現在不行，她才十二歲，要先唸完書，畢業了再說。」我問穆沙，這媽媽所謂的畢業是幾歲？

「十五、六歲。」穆沙說。

告辭時，穆沙要我和那媽媽握手並致謝。他對我的態度就像在教一個小女孩應對那般。是我又太敏感，還是穆沙有其他的用意？再度出發時，穆沙說：「好險，我真怕妳提些奇奇怪怪的問題。」

「嘿，如果我真問了些不該問的，你可以不翻譯啊。你腦筋不拐彎的？」穆沙一臉無辜，也不回我話。

「說真的，我還真有個可能不允許提的問題。」我說。

「講吧。」

「穆沙，這裡的婦女怎麼處理她們的生理周期？用衛生棉嗎？還是布條？」

「不知道。我猜想是用布條，有機會去開羅時，才買那些衛生用品吧。」這問題穆沙不迴避，回答得倒乾脆。

下午三點多鐘，氣候那麼乾燥，我又餓又渴，地上的灰塵不捨地跟著車子跑。我不知道穆沙要往哪裡去。他不斷上下車問路，我們又來到另一個村子。三人全下了車。司機、穆沙和路人談話。路上車不多，幾個男孩在轉彎空地上踢足球。一個男人趕著兩匹驢子走過，每匹驢子腹側兩邊各懸著鼓鼓的袋子。一棟兩層建築的屋簷下坐著三名老者，他們都包著髒髒的頭巾，都穿著泛黃的白袍。他們似乎在交談，也似乎沒什麼心思，眼神空泛地望著遠處。

不多久，一個高瘦的中年男人快步向我們走來。他的白袍翩翩。

「這位是這地區和瑞士援助發展小組合作的負責人，妳現在可以向他提出問題。」穆沙說。多冒失啊！我心想。就在村子的路上？就在我不知道會和誰見面，該提什麼問題的情況下？究竟穆沙在哪一次下車問路時，從哪個人的口中知道會在什麼地方見到什麼人，我完全感受不到蛛絲馬跡。我雖事事參與，卻又都不在現場。

很好……水利處也派人支援……技術一流……四千八百萬埃磅分攤四年……有些衝突……應該不難……

又上車後，剛和那人交談中的不同字眼在我腦際飛閃。

「這人一定從中撈了不少好處，以為妳是瑞士派來調查的，怕得很。」穆沙似乎在向我打小報告。

「你就看得出來？」

「這種事，閉著眼睛想就知道。」穆沙肯定地說。

出了村子，車子在公路上奔馳。我渴極了，背包裡有瓶水，卻不能拿出來。前座的兩個男人沒水喝，我不能獨享。

「這些村民都歡迎西方來的協助。可是啊，一旦要他們節育，控制子女數量，就會立刻遭到拒絕。穆斯林對數字很敏感的，他們希望生越多越好。」穆沙向我解釋埃及穆斯林對聯合國及富裕國家透過各種方式援助開發中國家的態度。

「富國對窮國的協助通常伴隨著信仰及文化的輸入，不過這套模式在伊斯蘭世界行不通。」我說。

「伊斯蘭太強勢了。說個笑話給妳聽：有個西方男人喜歡上一個女穆斯林。男人向女人求歡。女人說：『你必須也信仰伊斯蘭，成為穆斯林，我們才可以結婚，才可以上床。』男人照做了，女人仍不答應，因為男人必須先『割下面』。就是行割禮，妳知道吧？」我點點頭。「好。三年後，男人要離婚，女人說：『不行，非穆斯林才可以離婚，現在你已經是穆斯林，如果要變成非穆斯林，就得被割上面』。就是砍頭。就是叛教的要被砍頭。這，妳也知道吧？」

「胡扯！」我立刻反駁，「這是個對伊斯蘭有偏見的笑話。穆斯林當然可以離婚，而且有特定的離婚條件。」

「沒錯。不過，妳不會認為，因為我本身是埃及基督徒而惡意諷刺伊斯蘭吧？」穆沙一臉無辜地問。

「其實埃及的穆斯林和基督徒和平相處過一段很長的時間。雖然在不同時期有不同原因的糾紛，近來他們之間的矛盾似乎越來越嚴重。我總認為埃及境內這波的衝突是受到國際現況的影響。」

「很難說。妳知道伊斯蘭是第七世紀從阿拉伯半島傳入的，比基督宗教遲了很多。直到十六世紀，埃及基督徒人口仍佔多數，十七世紀時各半，穆斯林佔多數是近幾百年來的事。現在伊斯蘭已經壯大到成了國教，司法是以伊斯蘭法為訂定的標準。」

「所以，」我接著說，「如果以伊斯蘭在埃及的發展來看，現在這宗教佔上風是必然的趨勢，不見得是國際事件的影響？」

「九一一之後的國際事件對於激進伊斯蘭當然有推波助瀾的效果，現在街上把自己包裹起來的婦女明顯增加。可是別忘了，埃及兄弟會在八十多年前就開始活動了。」

「兄弟會雖然被看成是伊斯蘭恐怖主義的濫觴，也是後來才發展出來的結果。」

「妳似乎很同情伊斯蘭。」穆沙解開安全帶，移動他龐大的身軀，調整了一個比較方便和我談話的位置。

「我對伊斯蘭的態度和同情無關，看待任何糾紛原本就不應該放入情緒或道德成份，才能分析清楚，總不能被自己騙了，不是嗎？埃及在八十年代的發展很讓我扼腕，沙達特獨自到以色列尋求和解，實在不簡單，可是他為了緩和其他阿拉伯國家和國內激進派的壓力，獨尊伊斯蘭在埃及政治上的地位，讓原本被納瑟宣判死刑的兄弟會又活躍起來。最讓我擔心的是，現在對憲法改革的呼聲也只停留在修改總統可連選連任的條款上，伊斯蘭法令仍然是司法的基礎根據。」

「他們是以宗教勢力保有政權，就好像有些記者以提供女人和人身安全來確保他們的訊息來源。我知道妳不喜歡宗教。」

「不對，」我反駁道，「不是我不喜歡宗教，而是我主張『上主的歸上主，凱撒的歸凱撒』，宗教和政治必須澈底分開，換句話說，我正等著伊斯蘭的啟蒙運動！」

「其實當初伊斯蘭迅速擴張到歐洲時，曾大量翻譯希臘著作，閱讀啟發的結果，就有了宗教派和哲學派的爭執，可惜宗教派佔上風。如果那時哲學派贏了，伊斯蘭的啟蒙有可能比基督宗教更早。」穆沙說。

「沒錯，當時的確是坐失良機。可是上世紀法茲盧爾·拉賀曼（Fazlur Rahman）的主張沒受到重視，不也是錯過了歷史的轉彎處？」

「這人我不認識，妳說說看。」看得出穆沙感到好奇。

「拉賀曼一九一九年出生在分裂前的英屬印度，也就是現在的巴基斯坦。他在傳統穆斯林學者家庭長大，有很好的教養，也熟識伊斯蘭經典。在牛津唸書時，第一次經驗西方現代教育和傳統伊斯蘭經學院教育之間的衝突，促使他不斷鑽研反思。通常生活在西方的穆斯林有兩種困境。第一，他們不但要面對自我認同的難題，也要面對來自伊斯蘭世界穆斯林對他們是否為真正穆斯林的懷疑。第二，他們雖身在西方，卻有強烈『西方排拒我們』的心態。而像拉賀曼這樣的人，則要承受穆斯林學者認為他有『西方心態』的批判。」

「拉賀曼本身有什麼看法，這才是重點，妳還沒講出重點。」

「重點其實很簡單，而且和我自己的看法不謀而合。你知道嗎，當我讀到拉賀曼對於伊斯蘭困境的觀點時，我真是興奮地叫了出來！」

「快說！快說！」穆沙等不及地催促著。

「拉賀曼不但否認他有所謂的『西方心態』，更認為伊斯蘭在歷史中的衰微是絕大多數穆斯林長久以來在知識和學術上疲弱的結果；也就是，導致這個後果的是內在因素。所以啊，伊斯蘭國家的落後雖然和帝國殖民勢力的發展有關，卻是伊斯蘭社會本身積弱後的自然發展！你覺得，我說得對嗎？」

「我也不懂，」穆沙搖了搖他的大頭，「雖然我自己生活在伊斯蘭國家，卻沒探討過這議題。妳怎麼說就怎麼對吧。」穆沙的反應讓我有些失望。對尚未有定論的議題，我總希望有不同意見的刺激才能自我辯論。

車子開始爬坡。穆沙要帶我去看古柏萊爾（Ghubrail）修道院。我又累又渴，拜訪修道院不在我的日程裡，埃及人太熱心，幫忙太多？

「他們今天有主日學，人特別多，可能對妳更方便。」穆沙好心地說。

接著他告訴我，修道院是第四或第五世紀時建成的。據說波斯的一個魔術師祕密地和公主生下一子，三年後公主不幸去世，魔術師帶著孩子經耶路撒冷逃到埃及。這孩子長大後受了神啟，返回波斯取得金援後，回到埃及，並在法尤姆以南約十五公里處的納客倫（Naqlun）山坡蓋了這座大天使加百利修道院……穆沙的解說漸漸成了我的睡前故事。車子不斷開向不知名的前方。我口乾舌躁，腦子昏沉。穆沙怎麼能不進一滴水地連續幾小時說個不停？

……十三世紀曾有過祝融之災……找到由波斯文、阿拉伯文、希臘文寫成的經文……壁畫毀壞……修士夏季仍穿黑長袍、住洞穴……披巾……刺繡縷衣……枕頭……耶穌所背十字架的木塊……

「穆沙，你怎麼對這些細節這麼清楚？」

「因為我的碩士論文就是寫〈上埃及地區遭棄的修道院〉。我們要去的地方十多年前才又開放……分領洗、沒領洗……祭壇和東正教的類似……牆上的圖片是歷代修道院的主持人……」

我開始恨自己了！怎麼無意間又開啟新的話題？

停車場就在一片沙土上。極目四望，除了近處的幾間房舍，稍遠些便是連天連地的沙丘起伏，無處不空曠。看到這環境，我不難想像穆沙所說『人特別多』會是哪般景象。果不其然！教堂是在一小廣場的底端，進門處氾濫著一片鞋海。第一道橫向狹長窄廳是給尚未領洗者駐足的地方。人們坐在地上，小孩在一旁穿梭。幾世紀的聖像壁畫斑剝，聯合國教科文組織該有多心疼。正堂不大，人群簇擁，空氣汙濁。穆沙拋下一句話，說是要去找修院主持人和我談，人就不見了。

放假的日子裡，當其他國家的年輕人去逛街、喝咖啡時，此處的年輕人只能來教堂，悄悄地男看女，女看男；當臺灣的太太們相約去喝下午茶時，此地的婦女只能來教堂，尋求彼此在生活上的協助；當西歐的先生們相約去登山、賞鳥時，沙漠中的男子只能來修院取得心寧慰藉。不是信仰凝聚人心，而是窮人需要奇蹟。

「怎麼辦？修院院長沒空，今天太忙。」穆沙無奈地說，一副對不起我的樣子。

「好穆沙，你就別嚇人了，我沒準備，怎麼談？」聽我這麼一說，穆沙才如釋重負。

埃及人太熱心，幫忙太多?!

＊＊＊

當我匆忙跳下計程車，看到還要走過一大段廣場才能到正門時，心已涼了半截。埃及歌劇院，一座巨大的白色建築，是阿拉伯世界重要的藝術、表演廳堂，埃及國家文化中心所策劃的活動也大都在此舉行。歌劇院在十九世紀末便已存在，卻在一九七一年毀於一場大火，一九八八年由日本金援蓋建完成。

趕著來，是為了聆聽開羅交響樂團的演出。我快步走向售票處，距開演只有一刻鐘時間，怎麼只有兩個人等著？售票處一片漆黑？一個著西裝的光頭男人出現了，他輕聲地、帶著歉意地說，今晚阿賀曼·澤外爾（Ahmad Zewail）來演講，所以交響樂團的演出臨時取消。主辦單位已透過報紙、收音機通知更動，我是外來客，當然無法預知消息。失望之餘，我慢慢踱回廣場，心裡一片空白。看到主建築旁的畫廊開著，便也不由自主地走了進去。畫廊，倒是說小了，偌大的兩層廳堂，應該是美術館才對。轉了半個多小時，總是心不在焉。對這突然的失望，就這般難以適應？

走過廣場，走出大門，對街望去，尼羅就躺在眼前。歌劇院座落在寬廣尼羅中的小島上，索性過橋，徒步回下榻處吧。夜晚的開羅少了擁擠、少了車輛，也少了不受歡迎的髒亂。城東，風一起便要吹出更多塵埃的摩卡塔（Mokkatam）石灰岩山丘，似乎也不再是空氣汙染的幫凶。尼羅沿岸閃爍著萬千小燈，河水映著月光搖曳，黑暗中，這條數千公里長的巨河竟然有如不住扭動身軀的舞蹈女郎，風情萬種。偶爾駛過兩艘相互追逐的小船，雖是馬達聲隆隆，卻也聽得到飄上河岸的熱門音樂。較大的觀光船上，燈火通明，阿拉伯音樂清晰可聞，船上的美食與肚皮舞自然不可少。

我愛獨自行走，更愛能夠提供獨自行走條件的月夜。月光溫柔可親，陽光總給人就要以指頭彈斷光線的衝動。城中的大街也罷，鄉間的小道也行，在柔軟的月光下獨行讓人獨思，獨思讓人勇敢。

阿賀曼·澤外爾是一九九九年諾貝爾化學獎得主，是繼沙達特總統及小說家馬哈福茲之後，埃及第三個諾獎得主。他的任何演講對國家當然重要無比，我卻愛懷疑，是澤外爾因行程的安排，不得不在交響樂演出的時間演講不可，還是圍繞他身旁的人，因著討好而犧牲交響樂聽眾？和埃及人對前任國際原子能機構主管穆罕默德·巴拉德（Mohammed elBaradei）的期望一樣，人們也推舉阿賀曼·澤外爾角逐二〇一一年秋的總統大選。科學家跨足政界並無不可，然而成功的科學家並不必然是好的政治人物。人們對於優秀總有錯誤的幻想與美麗的迷思。如同臺灣的作家，寫著寫著，突然就變成了解除人們心鎖的心理治療師或青少年教育專家。人們的幻想與迷思有了偏頗的投射，而受到投射的人如果也自願迷戀於這些錯誤，就令人憂心了。

不知不覺間走近了解放廣場，人、車頓時多了起來。如果開羅是阿拉伯世界的文明指標，是非洲大陸的神經中樞，那麼人們就不能對解放廣場視若無睹。廣場周圍矗立著中央政府大廈、氣派的「美國大學在開羅」綜合大樓、典藏皇室木乃伊和幾十萬件數千年古文物的埃及博物館，以及十多年前才又遷回的阿拉伯聯盟，當然和民生相關的清真寺也絕對不可少。而廣場西邊尼羅沿岸的豪華旅館與高級餐廳，更是沒有門可羅雀的時候。正如其他國家首都的廣場，解放廣場也是歡慶與控訴的地域。反對英、法對埃及主權的干預，抗議以色列對埃及的空襲，以及民間對政府發出不同訴求的示威、遊行，解放廣場帶著它周圍交通的紊亂與物質的繁華，見證了幾多世代的紛爭與騷擾。

＊　＊　＊

我棲身的旅店在五樓高處，狹小而簡陋。旅店旁有個洗車場，去麗榭咖啡時總會經過。車場工人把水龍頭開得老大，使得水多是流在地上而不是上了車身，看了令人扼腕。尼羅從中非、東非，流經北非注入地中海，沿途七個國家靠它維生。埃及百分之九十以上的人口分布在尼羅沿岸平原和三角洲地區。尼羅的富饒支持了埃及旺盛的文明與不墜的歷史，而埃及的穩定保障了國內甚至中東地區的糧食供給。然而近年尼羅沿岸各國對河水使用的爭議，讓人有理由為埃及憂心，沒有尼羅河水，埃及可以在歷史的瞬間消失。洗車場的工人對水資源無關痛癢的態度，不遠處中央大廈裡的人們應當正視。

等著，等著，約好來接我的計程車終於出現。去金字塔是因為被人問煩了，才試著當觀光客，應景一番。年輕時曾留學英倫的阿巴斯有些年紀了，雖然動作遲緩些，他也堅持工作到退休。

「我才不像那些在公家機關的寄生蟲，平均每天只工作半小時，不但有退休金還有醫療保險。」上了車，我們聊開來，阿巴斯便等不及地向我訴苦。他帶我去看金字塔。

車子往城西吉薩方向駛去，莫約半小時，在我無意間抬頭的剎那，金字塔的上半段突然在對街房舍後的半空中出現。這巨大的三角黃土塊亦步亦趨，跟著我們的車不斷前行。天氣突然熱起來，陽光裡的蒸氣顫顫巍巍，所有的景象全矇上一層薄霧，虛實之間竟沒了準。

「大約西元前二千五百年庫夫（Khofu）法老王建造了吉薩金字塔……」阿巴斯開始講故事了。

「蓋得高是因為離天更近？」

「沒錯。妳看，人生有那麼多渴求，連死這回事，渴求也要沾上邊。」

「從地理雜誌上或科學紀錄片裡可以對金字塔更加了解，如果不是人人把我問煩了，我還不想來哩。」

「跑一趟是值得的，影片和實景仍然有段距離，否則人人在家聽光碟就行，為什麼還要去音樂廳？」

「這話我當然了解，我有其他的理由，而且不習慣做觀光客。」我說。

「觀光客是妳自己想的。」阿巴斯說。

「埃及人對死後的看法，也是自己想像的……」話一出，我才覺得自己貧嘴。

「而且這種想像對後來的基督宗教影響巨大。」阿巴斯等不及我說完就接了腔，似乎沒注意到我的不禮貌。

「講講吧。」我索性閉嘴，讓阿巴斯說個夠。

「埃及人把人的身體分為五大元素。ran是名字，ka是影子，影子和人一起長大。ba是靈魂，屬天，古代的繪畫上就有代表靈魂的鳥身人頭像，人死後靈魂飛向天空，和星星有所聯繫，星星不死，靈魂也不死。ich是身體，製成木乃伊。ib是心，製成木乃伊時不把心臟拿出來，因為心是思考的中心。『終審』時，心放在磅秤的一邊，另一邊放Ma'ad，也就是真理。如果死者是好人，磅秤放心的那邊會上昇；壞人，放心的那頭會下降，並且鱷魚頭、河馬身的ham會把心吃掉。」

「你的意思是，基督宗教『終審』的概念是原自於此？」

「可以這麼說。」

「我倒不這麼認為，『終審』是人類對正義的渴求，亞洲的宗教也有類似的看法。」

「只是『類似』，其中細節一定不同。由於地緣，猶太教受到古埃及文明的影響，而猶太教又是基督宗教及伊斯蘭教的先驅。」阿巴斯說。

「這倒是。至於保存身體的習俗，我聽過一個例子，可以說明埃及人對於人生命終極的載體怎麼處置的堅持。」

「近來的事嗎？」阿巴斯問。

「就在前幾年，發生在澳洲。有個埃及人死了，家屬非要把屍體運回埃及，澳洲人不解，他們認為，把屍體燒了，帶骨灰回去，不就省去許多麻煩。澳洲人不知道，要埃及人燒屍體是不可思議的事情！」記得在一個餐會上，前任埃及駐澳洲大使是這麼告訴我的。

「沒錯。還有，妳知道埃及人怎麼埋葬死者嗎？」阿巴斯這麼一問，引起了我的好奇，於是催促他快說。「有些人的住家和墓穴是在一起的。大門一進去，兩邊有一般的廳堂、房間，後院是種著植物、果樹的花園。花園裡有兩個地窖，分別存放男人和女人的屍體。人死後，屍體收入棺材，抬至地窖後，把屍體抬出，棺材收回，可以重複使用，最後才把地窖封死。」我瞪大眼睛聽著阿巴斯的一千零一夜，實際情況難以想像，只好把曾在馬爾他島看過的天主教地窖墳墓拿來充數。

「可是阿巴斯，如果，如果屍體在腐爛的過程中，家裡又有人死了，怎麼辦？」

「所以啊，大家只能期待不要有這種事發生。」

談著，談著，也不知道怎麼來到了這片大荒漠。各售票口前排滿了人。阿巴斯幫我買票去了。他是穆沙的好友，同樣從事導遊工作。穆沙今天沒空，我耳根清靜些。阿巴斯有問必答，直接而不迂迴。司機不知哪兒去了，我獨自站在大片沙土上，陽光直射，即便是二月，今天特別熱，怕不有三十度？

阿巴斯領我走向在各種旅遊雜誌、風景介紹、科學期刊……不知出現多少次吉薩金字塔中最大的一座。它，巨大、無情、厚實、凝重，沉默而神祕。它的沉默是由於厚實與凝重，它的神祕是因著巨大與無情。自古，北極星就是人類的方向星辰，所有金字塔的入口都面向北方。眼前任由觀光客攀爬拍照的塔身，不知是哪個方向？

空曠吶！不同沙丘上的大小金字塔，其實是分布在法老王的私人墓園區，只是比平常人家的要寬廣千萬倍。塔與塔之間，或更好說，墓與墓之間，徒步行走怕不也要個把時辰！也難怪建築界、科學界無法了解，數千年前的人類如何徒手或以簡易的工具、設施，完成這些經過精密計算的巨大工程。光是取水就是個大謎。這連天無邊的大漠地，以現代交通工具運輸，距離最近尼羅水源也有一小時車程。當初曾鑿建水道，引水做工？還是先在河邊把數公頓重石修葺完成，才拖拉上山？

「妳來看看這些巨石之間，完全沒有細縫，連一根頭髮也進不去。」阿巴斯指著獅身人面像裡一段露天長廊壁上的石塊，很慎重地告訴我。來人面像的人可多著，我和阿巴斯早就走散了。等其他觀光客從面前過去，我才能趨前一看。

「這和我在祕魯庫斯科（Cusco）高原上看到的神祕石牆是同一種功夫吧？」我皺著眉頭問。

「對呀。」阿巴斯說。

「問題來了，」我想了想，又問：「到底是埃及人教了祕魯印加人這套技術，還是印加人教了埃及人？而且，幾千年前祕魯三千多公尺高山區的人怎麼和北非沙漠裡的埃及人來往、溝通？」

「噢，這妳就問得太多了。反正金字塔的年代比石牆久遠，所以是印加人向我們學習的。」阿巴斯掩不住得意地說。我不作聲，並不表示我同意。

如果允許金字塔的一小部分任由觀光客踩踏，我有足夠理由懷疑，這些受到侵犯的文明古蹟是否能夠再挺立數千年？於是自問，如果以巨大玻璃框罩住各個金字塔，並將框內空氣抽離，是否就可以讓數千年後的人類也能夠同聲讚嘆？那麼經費哪裡來？開放讓富國認養，當真可行？那麼人們親近金字塔的渴望如何止息？就蓋個和實物大小相同的虛擬博物館吧！

「妳要騎駱駝嗎？」阿巴斯問。我搖頭。心想，上駱駝一個價錢，下駱駝一個價錢，我寧可捐款，不要被騙。「還要去其他的金字塔群嗎？」阿巴斯問。我搖頭。心想，到埃及南部或到蘇丹去看不同風格的吧。車子往城區回走，我頓時心緒懨懨。金字塔巨大的形體在我腦海中揮之不去，眼前路上的車輛似乎和我腦中的金字塔影象重疊，總覺得開羅街上的車子全繞著塔身飄浮，有如鬼魅幽魂。

時候尚早，我該是去埃及國家博物館，還是去麻序拉比亞（Mashrabia）畫廊？

* * *

開羅美國大學的城中書局座落在一個安靜的轉角，環繞書局的街道不似數百公尺外，廣場中心一帶那般吵雜。書局本身兩層樓面積不大，格局流暢，有著精緻的原木地板及柔和的黃暈燈光，氣氛安寧。書籍陳列雅緻，除了美國出版的各種文類書籍之外，讓我最感興趣的是阿拉伯語系國家翻譯成英語的文學著作。我一口氣買了埃及阿拉．阿斯瓦尼、卡雷．貝里、穆罕默德．淘非克（Mohamed Tawfik）、優素夫．伊德利斯及納吉布．馬哈福茲等人的書，手上沉甸甸的一大袋，心裡卻感到無限滿足。付完賬，順手從櫃台上拿了大學文藝活動的彩色節目單，我準備到麗榭咖啡去仔細翻翻袋子裡裝了哪些寶藏。

正當我穿過環繞廣場人行道往埃及保險公司方向前進時，看到了不尋常的景況。頭戴黑色鋼盔，身穿黑色制服，配備黑色警棍及手槍的警察隊伍就站在距離一群示威者十公尺處。示威的人數及成員的平均年齡完全看不出來，因為他們被一些手牽手的警員團團圍住，只聽到男人的呼喊聲。我放慢腳步，停留在果汁店前的一棵樹下。氣候乾熱，駐足觀看的人不多。只見示威者輪流舉高方形布塊，上書的阿拉伯文對我沒有意義，男人喊出的口號也無法明白。然而我執意要看出個端倪，只好毫無頭緒地耗著。心想，這些人缺乏「專業訓練」，抗議的訴求沒有英文，如何吸引國際媒體青睞？

終於，一塊方布上的圖案引起了我的注意。埃及科普特基督教[§]十字架的四個底端又各生出小十字架，遠看就像是一朵朵的小花。布塊上的十字架由一把手槍指著，我立刻聯想到二〇一〇年年初，開羅南部的上埃及地區基督徒遭到穆斯林槍殺事件。歷史上埃及穆斯林及基督徒

§ 編者註：科普特基督教（Copts），指的是埃及的基督教徒，是當代埃及人口中的少數群體。

雖然難免有磨擦，基本上他們各自生活，相安無事，只是近來不斷有衝突發生，有些基督徒少女被綁架、被迫改信伊斯蘭並且遭到逼婚。事情發生後，多數信奉伊斯蘭的警察，通常護著自己的兄弟，使得受侮的基督徒無處申冤。我好奇地想知道，這場示威有可能演變成什麼情況。衝突規模的預測，通常警方會以線民的通報做為評估的標準。我拍了幾張標語照片後便離開現場，走到隔街，果然有一部載滿武裝警察的黑車停駐。拐入小道，仍然有其他武裝部隊待命。

我再繞回現場，再站在同一棵樹下，示威人仍輪流呼叫口號，輪流高舉布塊。不一會兒，就在我正前方，有人拿來幾把白色附靠背的塑膠椅及一張塑膠桌；再過一會兒來了五個分別穿著黑色及灰色西裝的男人，他們悠閒地坐在白椅上，立刻有人送上滾燙的紅茶。他們的舉止和示威現場的氣氛完全不搭調，有的講手機，有的相互交談，好像在咖啡廳一般地閒適。我對他們好奇，取出相機，準備對著他們拍照，卻又心生猶豫，只好把鏡頭上揚，拍了張藍空下有著樹枝和電線的無意義怪照。

就在剎那間，我臨時決定下調相機，把那背對我的五個男人全收入鏡頭。正當我按下快門，右肩立刻被人拍了一下。我猛然回頭，一個年輕男人對著我說no、no、no，並且示意我右前方正忙著講手機的人我的相機有問題。那時才意識到，原來我一走近示威圈，就被便衣盯上了！我離開又折回，不引起他們的注意也難。

說著話的男人一把奪過我手上的數位相機，我心一沉，糟，惹禍了！我急迫地思考，如果他們要帶我回警局，我必須在什麼時候、以什麼方法祕密地把手機扔掉；因為手機裡有任職外交部M的號碼、有美國大學S的號碼、有蘇黎世記者克莉斯汀的號碼、有在瑞士UBS銀行工作妮可的號碼。我不能因為自己的疏忽而讓這些人受到牽連。電話號碼如果記在紙張上，大不了吞了，可是在手機裡，事情就不好辦了。我越急，腦海裡越是閃過一幕幕曾在別人偷拍影片裡看到的，埃及警方虐待異議份子的各種鏡頭。

天熱，我卻背脊發涼。那拿我相機的便衣，一個手機換過一個手機地講個不停，也正好提供我時間思考可以脫身的藉口。我曾想要跑走，估計一定會被抓住，只好打消念頭。我是廣場上唯一的亞洲人，躲也躲不掉，況且這幾天我在廣場附近多次穿梭，不讓人認出也難。

「妳為什麼拍這些人的照片？」講手機的人終於有空理會我，劈頭第一句話就是要知道原因。

「因為我不懂，為什麼大熱天他們還喝熱茶。」完全沒料到他會這麼問，我只好指著前面這些人，當下胡謅。

「妳不可以拍他們。」那人嚴肅地命令著。

「為什麼？」話一出口，我才了解自己有多彆扭，在這節骨眼，不但不閉嘴，竟然還敢抬槓！

「因為他們是警察。」這句話猛敲了我一記，忽地想起，瑞士外交部網站的確出示警告，到埃及旅遊，不可對著警察拍照！

「妳必須把那張照片刪掉。」那人又命令著。

「可以。」我回說。

「妳現在就在我面前刪掉！」我照做了。那人又說：「給我看上一張。」我照做了。他又說：「再上一張。」我也照做了。他要我刪掉五個男人，卻讓我保留手槍和十字架。這意味著什麼？可以發牢騷，卻不可以挑戰權威？埃及有數千個異議部落格，只要不批評總統和伊斯蘭，雖然遊走在警界線上，警方仍會讓他們存活。對照著我自身的經歷，埃及警方的行事標準仍是十分清楚的。

我的心情變得比手上的書袋沉重太多。心情的重，是因為這個文明古國發展至今，由於內部的爭端與不團結，仍然無法邁開步伐向著不確定的未來前進；書袋的重，是因為作家們以優美的文字記錄了國家的發展、社會的變遷、普世人性的渴求、甚至開創性地有了阿拉伯語系的偵緝小說，全都不許人以輕佻的心對待。這兩種「重」便是埃及令人無法定位的難處，卻也是它迷人的地方。

* * *

在一個陌生的大城裡迷路，有時是件愉快的事。請計程車司機往北走，我不知道自己的目的地，掌方向盤的人更是無所適從。車子拋棄了成衣店，輾過了地上的厚紙盒，在人堆裡迤邐。橋下的火車站在廢棄與不廢棄之間生存，三層樓高玻璃廚窗裡吊掛著奪目色彩的肚皮舞裝，向我招手淺笑。「右轉好嗎？」司機問。「好。」我答。一個十分鐘，再一個十分鐘後。「現在要左轉嗎？」司機問。「好。」我答。

幾個十分鐘後，我走在一條不知名的陋巷，灰塵緊緊停駐在黑鞋上，我想拿根小棒子輕輕把它打跑。幾個小孩前前後後地跟著，我對他們微笑，有的回笑，有的低頭迴避我的視線。對陌生人的反應，全世界的大人小孩都相同。巷子兩邊房舍的石牆斑剝，有些人家的窗框是阿拉伯建築中不可少的，有著繁複圖樣的木製雕飾。市集旁小街的轉角處有家擺著四張桌子的小吃店，應該是兩面牆的，卻由鐵門代替，直角銜接處挺挺地站著根鐵柱子。其中一張桌子旁沒了椅子，原來是兩名老者隨手拿去坐在門口聊天。從他們的談話可以聽到許多阿拉伯語特有的喉音，只是不懂究竟是哪個方言。店裡沒其他人，我要了杯茶，又濃又燙，正投我所好。

那麼埃及原來的語言呢？那個在第七世紀伊斯蘭傳入埃及之後才逐漸消失了的語言呢？就只能流傳在少數外移的埃及人身上或是科普特基督徒的經文裡嗎？從語言類推，埃及人是阿拉伯人嗎？埃及自古便是以浩浩大國的形態存在，西元前也曾外擴成殖民中東的大帝國，而波斯灣的阿拉伯國家其實是部落性格的集結。上世紀前半葉，納瑟總統是否因為抵抗英法的殖民勢力，才大張旗鼓地和敘利亞組成泛阿拉伯聯盟的雛型？也就從那時起，埃及更確認了自己阿拉伯的身分，卻不見得是每個國民的認同。

不知何故，我內心深處始終抗拒著埃及也是阿拉伯國家的國際共識。當讀到「自由埃及黨」的訴求時，我的震驚真是非同小可。這黨派極力倡導恢復伊斯蘭化以前的埃及，有意和阿拉伯文化脫勾，反對目前「埃及阿拉伯共和國」的國名，並強烈主張，宗教應該從政治領域全面退位，也就是「法老王主義」的擁護者。法老王主義把埃及定位在地中海文化圈，有著地中海旁特有的尼羅三角洲屬性，初始社會便已是農耕與游牧的結合。它不僅有沙漠的牽扯，更向著海洋開放，雖有波斯、亞述的影響，也受到希臘、羅馬的薰陶。

三歲時因庸醫誤診而導致失明的塔哈．胡笙（Taha Hussein）是二十世紀初對埃及產生巨大影響的作家與知識份子，他在《前伊斯蘭詩集》裡因對《古蘭經》質疑而下獄。他提出法國哲學家笛卡爾的思想為自己辯護，更認為，笛卡爾的思想體系既然可以影響西方文藝，沒有理由不在埃及產生作用。無疑，胡笙有意將埃及引向西方。

埃及在獨立自英國手上之後，有一段對自己身分認同的大鳴大放時期，「法老王主義」便是其中之一。特別在和以色列的六日戰爭後，部分埃及人意識到，自古他們對猶太民族有深遠的影響，為什麼現在必須跟著阿拉伯世界的步調反對以色列，而讓自己的人民受苦？然而，另有些人則認為，埃及已無法避免阿拉伯的身分認同，也應該認清自己在阿拉伯國家中舉足輕重的地位。

國家定位問題、宗教干預思想的問題，埃及的家務事不見得容易理出頭緒，我沉沉地想。出了小吃店，街上嬉戲的小孩不見了，一部摩托車從我跟前駛過。抬頭上望，一線線的陽光分明，高高的宣禮塔籠罩在一片黃暈之中。黃，應該是開羅的色彩。不論是薩拉丁為了抵禦十字軍所蓋建大城堡區的巨大石牆，不論是伊斯蘭世界最古老阿茲哈爾（al Azhar）大學內的建築表面，那種土地的黃，沙塵的黃，金字塔的黃，無時無處不在的黃，一旦陽光照耀，就連空氣也被染黃。

我收拾了自己的心緒，面對著可以將自己影子拉得很長的方向，緩步前進。

藍天不知處

其他人會怎麼看？對我，那已經是一場瘋狂！

不都說，伸手不見五指？我不但伸出五指，更伸出十指，眼睛也瞪大了。明知這些動作不會帶來任何效果，仍然要小孩子氣一番。其實是無意識的自然反應，並不摻雜任何明知不可為而為的蓄意。

山風淒清冷淨，四下深邈漆黑。背著我的駱駝緩步前進。這動物走得那麼平穩，每一個轉彎，那麼地理所當然，是一種在完全黑暗中也可以生出的自信。以為天地只有我一人，在這無邊的空曠之地，呼吸也必定顯得多餘，如果不是聽到一路低語不斷的那兩個貝督因男人；他們有時走在前面，有時在後頭，也有時從嘴裡發出得、得、得的響聲，給駱駝做個什麼訊號。我看不見自己、看不見駱駝、看不見兩個男人，一抬頭，繁星掛個滿天，獨缺月娘。

「拉扎伯，說說看，你怎麼見得到路，怎麼知道腳要踩在哪裡？」

那人不回話，只顧聽同伴的嘮叨。在我問了至少三次之後，他才不疾不徐地說：

「我已經走了幾年，習慣了。」

習慣？「習慣」也可以用在閉著眼睛行走山裡這件事上？還是他離地較近，而駱駝的四隻細腳卻把我撐得太高？我不踏在實地上，所以我怕了？

「你們不領著駱駝，牠怎麼走？」

「這段路較不複雜，牠認得。而且，駱駝像貓一樣，晚上看得更清楚。」拉扎伯解釋著。

感覺上，半小時，一小時過去，就在手腳已凍得不再靈活，山貌逐漸成形。有如眼睛突然復明，那山的陡峭、赤裸、嶙峋，幾乎伸手可觸。一矗矗刀削過似的擎天巨岩，拔地而起，迎面撲來，擋住幾公尺外的視野，才知道，自己竟然是貼著牆山走。那麼，牆後是什麼？

分明是盡頭已到，無路可走，就要碰壁，啊，駱駝怎麼找到牠的轉彎？莫非路是在牠的每一個踏腳處才生出？駱駝把牠腳的感覺傳到自己身上，透過我跨在牠腹側的雙腿，這感覺再傳到我身上。明白了，沙地不像山岩，它映不出星光。終於男人們也覺得太過黑暗，只是，手機的電池光線也不過才閃了幾秒鐘。不照亮路，他們只是要證實自己對路況的絕對把握。

那是六個小時的車行之後，從開羅到達西奈半島南端的摩西山。先前阿布度拉載著我一路過關斬將，穿擠黃昏開羅的交通叢林，上了高速公路，往北疾馳。近兩小時的時間，來到百多年前就已開始闢鑿，一九五六年才由納瑟總統從英法手裡收回完整的治理權，而讓埃及人揚眉吐氣的蘇伊士運河。夜晚的蘇伊士黑暗一片，看不出端倪，倒是三十公尺深的海底隧道一路通明。過隧道之前為什麼還要等候驗明正身？「怕有人把它炸掉！」是阿布度拉對我問題的回答。出了隧道，然後一個大轉彎，我們往東南方向奔騰而去。

夜半的西奈讓人以為，除了自己，地球上不再有任何生物，也永遠不再有陽光。車輪在平穩的公路上馳滾了幾多時間，斷續出現的遠處燈光映照出潔白的樓宇，以及白樓背後蕾絲滾邊一般的浪花。「那些是新蓋的別墅，房子後面就是紅海。」阿布度拉的聲音，聽不出累。「現在就只有妳和我在這深夜的路上，可是，妳不用擔心。hamdullah！§」說完，他在自己手指的

§ 編者註：Hamdullah，類似基督宗教國家所謂的「讚美主」。

正面背面各吻一次，是穆斯林感謝阿拉的方式，感謝阿拉讓他不犯過、不逾越。孤男寡女在深夜的荒野會發生什麼事，當然是他先想到了。

越靠近與以色列為鄰的邊境，檢查越是嚴格。只要因寒冷而縮頭縮腦的士兵把我的護照拿到離車十多公尺遠的檢查站裡時，我便要犯疑。通常去到「有些許糾紛」地帶旅行的人往往成群結隊，我的情況完全不屬於邊界警察對「正常」的認知。

約早到了三刻鐘，阿布度拉透過手機和人聯絡。我下車，在一個美麗小圓環的路燈下踱步，放眼望去，禿山環繞，不明白自己為什麼在夜半時分仍不覺得睏。不多久，遠遠走來一個人，著長袍，連著長袍的帽子輕鬆地裹住他的頭。和阿布度拉交換了幾句，長袍人領我們走入另一條窄路，路邊有低矮的房舍，昏黃街燈下坐著三隻駱駝。有人拿來鞍座，說是為我準備。長袍人介紹自己是拉扎伯，就要領我往山上走，另個駱駝主人只對我笑笑。所以，我就從阿布度拉手裡讓渡給了貝督因人。這全是穆沙在開羅幫我做的安排，卻怎麼沒人告訴我要帶護照、要多穿衣？還好，常識讓我免除了可能產生的麻煩。

星星在暗天高掛，風在耳邊追逐。駱駝走路無聲無響，只有轉彎時，在牠背上的我有迴旋的感覺，只有在牠往低處、高處跨步時，我才前傾後仰。左側是幾乎貼身的山牆，右下側遠處有些微弱光線，幽幽幌幌，如同在黑色的海上飄著。整整一個半小時，在手腳凍得幾乎沒有知覺之後，我們來到一個「驛站」。

那是個敞開的空間，一個屋頂，三面牆，沿牆有一道可以讓人稍坐的木板，木板上鋪著毛毯。空間中端立著細柱，細柱旁是張有著紅色花布的小桌，上頭有兩個塑膠白杯。一個裹著白頭巾的男人坐在空間的左邊，環繞他的是一些巧克力、薯片、餅乾等零食，瓶裝礦泉水高高疊成一道平面。最讓人眼睛一亮的是他腳邊的小火爐，爐上的鋁製水壺正冒著煙，看得人想親近。「hot tea、hot coffee、chocolate。」白頭巾男人衝著我喊，我對他笑笑，心想，喝了熱飲後，找不到廁所怎麼辦？

幾個貝督因年輕人隨意坐著、聊著。牽駱駝的男人不見了，拉扎伯說他半夜讓人吵醒，想睡個回籠覺。

「我們五點半再出發。到時候我會講故事給妳聽。」說完，他側身在木板上，抓起一席毯子，倒頭就睡。

因為冷，我不住磨搓著雙腿。白頭巾男人向我示意，坐到他旁邊的木板椅子上。「It's warmer here。」他說。我從他的對面走到他的左側。的確，原先坐的地方沒牆掩，靠近他的座位才有些許火爐的熱氣。我也得以更近距離觀察他怎麼獨自在荒野裡做生意。每當有一批上山的人來，他便拉開嗓子喊hot tea、hot coffee、chocolate。精準得有如只要到銀行門口一站，自動門便立刻開啟。

這男人鼻樑高挺，左邊眉端有一道不甚清楚的疤痕，神情是一派的玩世與無所謂。同伴們叫他伊伯拉辛（Ibrahim），我原以為這名字猶太人才有。伊伯拉辛以白塑膠杯裝滾燙的咖啡，給別人的，他放兩塊糖，給朋友的，三塊糖。一杯賣兩塊錢美金，給朋友的，不收錢。兩塊美金將近十二塊錢埃及鎊，一大碗我吃不完的，只有米飯、通心粉、扁豆加茄汁、油葱的可舍里簡餐也不過三或四鎊！

「你每天需要幾公升的水？」我好奇地問。

「大約二十五公升。」伊伯拉辛答。

「水從哪裡來？」

「駱駝從山下背上來。」他說得那麼理所當然。

「這地方本來是誰的？」我邊問邊又四周環看一遭。

「我的。」伊伯拉辛指指自己。

「我的意思是，誰蓋這個小房子？」

「我自己。」伊伯拉辛又指指自己。我頓了頓。房子是一塊磚一塊磚砌成的，山上哪來的磚頭？

「磚頭是我從山下運上來，房子是我自己蓋的。」

明白了。這中站有兩個小店，如果任何人都必須經過這裡才上得了摩西山的頂峰，伊伯拉辛和另一個店主不就操持著某種形式的壟斷？

「你的生意很好啊！」我努力做出羨慕的神情。

「不一定。夏天觀光客少，我沒其他的工作。」伊伯拉辛的意思是，他沒什麼好羨慕的。

「夜裡上班，白天睡覺？」我努力做出了解他委屈的神情。

「沒辦法，觀光客要去看日出。」伊伯拉辛的意思是，世事本如此，沒什麼好委屈。

我想知道伊伯拉辛是據地為王，還是領有政府特別的執照。若是前者，他怎麼做得到？有因競爭不過而和他結怨的敵人嗎？他怎麼擺平對方而讓自己可以安心在這兒工作？若是後者，以什麼條件才能拿到開業執照？必須走後門嗎？價碼是多少？除了這兩種猜測之外，還有哪些可能性？

「我的英語是路上撿來的，我聽不懂妳說什麼。」伊伯拉辛一句話便堵死我所有的疑問。

我不枯坐，和其他國家的人夜半聊天是很奇特的事，特別是和那些看起來像東方人的紐西蘭原住民。兩個半小時後，搖醒了拉扎伯，我們就要繼續上路。

「從這裡開始就不能騎駱駝了。」拉扎伯說。

「為什麼？」

「因為駱駝不走陡峭的山路。」幾個小時前走上二千多公尺高山的蜿蜒窄道仍不夠陡？那麼現在不就要「爬」行了？

「大約有七百多層階梯。」拉扎伯輕描淡寫。

「不行，我還是看不見！」

拉扎伯已經先走幾步遠了，「驛站」的微弱燈光一旦消失，我立即被全然的黑暗包圍，一步也跨不出去。拉扎伯只好折回，把我的右手臂勾住他的左手臂，這個動作讓我不得不成為真正的瞎眼。我們不太說話，其實也不方便說話，因為呼吸逐漸困難。寒冷消失了，卻不是因為氣溫升高，而是對呼吸的注意力替代了對外在環境的知覺。我考慮是否該放慢腳步，讓呼吸順暢些，只是行走並不見得受阻，沒有減低速度的藉口。半小時後，我們來到一個滿是觀光客的歇息處。拉扎伯眼尖，幫我搶到一個空位。啊，多麼冰冷的岩石！一坐上大石塊，一股涼意從體內竄升，只覺得整個人虛脫得厲害，力氣全讓山崖吸走，好似自己變得透明。

「拉扎伯，我現在覺得非常不舒服。」我聽到自己游絲的聲音。

「沒關係，休息一下就好了。這裡將近海拔三千公尺，很多人有妳這種現象。」

在黑暗裡的觀光客默不作聲，一個個縮成一團。有個高大的貝督因披著、抱著許多毛毯，一下子以俄語說odeyaly、odeyaly，一下子以法語couverture en laine、couverture en laine地到處兜售。人類的行為是有趣的，只要團體裡有人去租毯子，其他人也就跟進；而缺了領頭羊的隊伍，似乎連走動也嫌多餘，更遑論租毯子了。

拉扎伯在一旁守著，過了好一陣子，等我逐漸恢復，他便領我去到像伊伯拉辛所擁有那樣的小店。此處約有三家，且大得多，卻仍然沒有門窗。我一進入，便聽到有人以konbanwa、konniziwa和我打招呼。不怪，蘇黎世機場檢查手提行李的海關，也有人以日語歡迎我的。任憑天涯海角，總有日本人的足跡，這種多而廣見識的實力，不知有誰注意與評比。

「等到天微亮時，妳自己上頂峰去看日出。」拉扎伯說。

「需要多少時間？」

「只有五分鐘。」

經驗告訴我，識途老馬對時間的感覺和新手是極不相同的。對我這個慢人，總要乘上三倍才是正確估計。

這地早已不是「無三里平」了，就連三公分的平地也找不出。如刀削的岩塊更是可畏，若是赤足了，二十來步內不就要鮮血淋漓？山路是越陡越窄了，除了石塊還是石塊，卻是便利落腳許多，明顯由人工鑿平了些，是為遊客設想？千年的石頭不說話，怎麼問得出，為什麼摩西偏偏選擇這座山去看火燒、去聽主言？因為十戒必須像這山的雄偉、嚴峻並且永恆不渝？是不是聰明得不跟著來受罪，只管在山下拜金牛的猶太人就因此而必須遭遇二千年的流離？

我早到驛站，卻是遲來山頂。多少人已佔據好位置看日出。巨大綿延的山脈把蒼天擠成單薄的長條，黑暗的盡頭是柔軟的金黃與橘紅，柔軟的上方深寶藍與鉛灰相絞成滾動的雲似乎不懷好意。大自然原本和人類與共，無論山崖或山顛，天際橫過那一道淨謐的橘紅、金黃，永遠不失它的純美。聽說，就那頂端，一座小教堂，一座小清真寺，中間便是摩西領受十戒的荊棘火焰處。密麻的人群把自己釘在峰頂，我沒有絲毫立足的餘地。

「所以妳在山頂沒看到教堂和清真寺？」拉扎伯問。

走下山頂，天放大明，所有聳壯的山脊、迤邐的溝壑頓時朗朗逼目。

「我擠不過他們，算了。」我簡答拉扎伯。

是下山的時候。雖不沿原路回去，另條路也不見得好些。除了正常步伐之外，我有平時不曾使用的各種走路法，時不時，還要拉扎伯扶我一把。遠方低處前行的人們蜿蜒出一條山道，不多久便轉入不知處。遠眺群山，形影重疊，高低錯置，尖拔粗野，一片紅棕色澤，亙古無言。連天的群峰，有幾多突兀的寬廣與陷落。立定觀望，怎麼像是半個世紀前，好萊塢牛仔片沙漠場景那般地不真實。再多思索，不過是我這俗人缺乏將自己融入自然的能力。

有個年輕孩子，從身後蹦跳而來，越過我們，蹦跳而去，步伐大跨穩健，不過眨眼功夫，離開我們少說也有百來公尺了。我心生一念，便說：「拉扎伯，遊客這麼多，可曾經有人出過意外……」語音未及落下，一個閃失，我突然跌坐在地！瞬間，自己化成一片茫然，也不掙扎著站起，多少念頭閃過腦際：這是自我詛咒奏效？傷得如何？傷在何處？現在的不痛是稍後劇痛的偽裝？痛，為什麼要偽裝？……拉扎伯站在一旁看著，直到我伸手求援，他才一把將我拉起。

「有啊，曾經有人摔斷腿。」拉扎伯就這麼接上話，也不問我是否跌壞了，他怎能把我的跌跤立即趕到腦後，好似什麼事都不曾發生。

「然後呢？」聲音微抖，卻只有自己聽得見。我嚇了？傷了？

「由四個貝督因把他抬下山。」拉扎伯輕鬆地說。

終於明白，前夜在駱駝背上所看到的，如同漂在海上的遠燈，原來是從貝督因人的小石屋透露出來的。就在山較平坦處，三三兩幾小間就地取材蓋建的石頭房。屋簷掛著毛毯，應該是用來擋風。就著一個火炭爐，他們為觀光客燒茶做早餐。有的販賣碎石穿串的項鍊、耳環，也少不了抱著幾本介紹南西奈書兜售的孩子。每到一處，拉扎伯總會遇見可以打招呼的熟人，他們彼此友愛親切。碰上了可以租騎駱駝的隊伍，拉扎伯又是專心和人談話。沙漠之舟，我一隻隻地看去，於是決定移情別戀，讓原本最愛的無尾熊退位，把駱駝請到心上來。正面看駱駝，不怎麼漂亮的鼻子後頭是大大的眼睛以及不時扇動的長睫毛。牠們滿眼的好奇與溫柔，似乎有些許哀傷，看得人酥軟。

「駱駝喝很多水嗎？」駱駝不說話，我只能問拉扎伯。

「大約三天喝二十公升。必要時可以一個月不喝。」

「平均壽命呢？」

「三十年。」拉扎伯雲淡風輕地答。

「一般工作幾年？」

「二十三年。」

「後七年呢？」

「在房子四周走走。」等死，我想。

「你怎麼到處有認識的人？」

據說還有九十分鐘才到修道院，奇岩怪石一路伴行。

「我們是少數，所以每個人和每個人之間多少有些親戚關係。」

「巴勒斯坦人的村子裡常有表兄妹結婚的現象。他們不容易找到工作，離不開村子。親上加親，一村子差不多是自己人。」

「我就是這種情況。我太太就是從小玩在一起的表妹。」

「可是近親結婚比較會有不健康的下一代。」

「是嗎？難怪《古蘭經》不鼓勵。」

「說說看，貝督因的年輕人怎麼談戀愛。」

「發簡訊啊。」

拉扎伯這麼一說，倒引發我另一個好奇，便急著問：

「你怎麼輸入阿拉伯字母？快給我看看。」

拉扎伯從他的長袍口袋裡掏出手機。

「很簡單，輸入英文字母，顯示出來的是阿拉伯字。」

我停下腳步側頭看，果真如此。拉扎伯按了幾個鍵，阿拉伯字蚯蚓般的線條便清晰地顯現在小螢幕上。滿意了，我回頭去和下個問題相遇。

「約會呢？總不能結婚以後才可以一起外出吧。」

「和妳說的差不了多少。我們是訂婚以後才一起出去買東西。」

「如果彼此不喜歡呢？」

「可以解除婚約。」

「女孩子呢？她們不可以主動有什麼表達吧？」

「嘿，要是有興趣知道，我可以告訴妳以前的人怎麼做。」

原本講話聲小溫平的拉扎伯，突然提高了音調，一下子顯得特別快活。

「快說，快說。」我催促著。只要有認識別的族群生活智慧的機會，無論如何不能放過。

「妳看那段山路，」拉扎伯指指右後方視線所及的高處。「比方有個女孩子在那裡放羊，某個男孩子常從那裡經過，如果他看上了那女孩，就會故意留下一段足跡。如果女孩也喜歡他，會在男孩足跡的旁邊也留下一道。她回家告訴爸媽那男孩的事，爸爸就會去打聽別人對那男孩的評價。如果爸爸同意，他會在兩道足跡旁邊留下自己的，並且劃圈。只要男孩發覺三道足跡並且有圈痕，就可以準備向女方提出婚約了。妳覺得怎麼樣？」這貝督因人驕傲地說。

「真有意思。太好了！」我脫口而出。拉扎伯偏過頭來對我笑笑。這時我才突然發覺，他有一雙男人少有的，黝黑而慧黠的大眼睛。拉扎伯穿著黑長袍、藍外套，披著紅白方格相間的頭巾。他說，過去每一族有自己的頭巾顏色，約三十多年前開始，人們不再拘泥於這個習俗，任何人都可以選擇自己喜歡的顏色。

包裹自己，與其是伊斯蘭的傳統，倒不如說是沙漠人生存的必要裝扮。頭巾、長袍，天冷可以禦寒，天暖可以隔熱。據說西奈貝督因人懂得穿長褲是以色列入駐半島後才開始的。貝督因人認為以色列士兵的長褲是實用的衣著，所以請他們示範如何縫製。以色列撤出後，埃及政府鼓勵他們繼續做。這說法有些荒唐，我卻無處求證。

在「驛站」時，拉扎伯不是說等他睡醒了要講故事給我聽？現在他只開了個頭，我就幫他結了尾。原來是法老王的女兒在尼羅河裡撿到小摩西。

「說說看，拉扎伯。穆罕默德從沙烏地阿拉伯的麥加到耶路撒冷，到底是騎飛天的馬，還是驢子？」

「從麥加到哪裡？」

「耶路撒冷。」

「哪裡？」

「耶路撒冷，Jerusalem。」拉扎伯想了想，說：「是Orshaliam？」這下子換我傷神了。把Orshaliam默唸了幾次，想到希伯來語的耶路撒冷是Jerushalaim，便問：「你的意思是Uruschalim或Oroschalim？」

「對啊，妳也知道阿拉伯語？」

「就懂這個字，還有al Aqsa，在耶路撒冷的清真寺。」

「我們的語言裡，al Aqsa是 el Gons。」

這麼大的差別！難怪阿拉伯人自己聽不懂貝督因族的話。

「妳說，Orshaliam的英語怎麼講？」

我把字母一個個唸出，拉扎伯一個個記在手機裡。原來他的英語是這麼自學的。

「好了，回到原來的問題。穆罕默德到底是騎馬還是驢子？」我問。

「是騾子，白騾子。」拉扎伯說。噢，穆罕默德騎飛天的白騾子，我想。

下山來，腳踏的地方不僅僅有三里的平路，腳板真可以舒坦地張開行走千里了。這麼一個平闊的曠野，寸草不生，目窮處盡是上天隨意亂拋的石塊和等不及要裸露自己的荒山。一月初的西奈，氣候仍舊可以忍受，夏天的熱潮可真要令人畏懼了。不久，一道高牆在遠處矗立，色彩和周遭環境毫無差別，似乎是由什麼人以巨大的雙手把土地用力推擠而出。牆內就是由聯合國科教文組織登錄為人類遺產，已有一千七百年歷史的聖凱撒琳修道院。高牆自古就有軍事防衛作用。保護什麼呢？

人說那是個聰慧而美麗的女人，出生於三世紀末的亞歷山大城。那城啊，就在肥沃的尼羅三角頂點，日夜眺望著寶藍的地中海。馬其頓的亞歷山大帝東征途中，在那兒留下了他的宏偉與堅決，並且以他的名為城名；凱撒把埃及當成是羅馬的穀倉時，商賈川流，多麼繁華。美麗、聰慧與繁華的凱撒琳，加上哲學、辯術、詩歌、音樂、數學、天文及醫學的素養，除了耶穌基督，世間還有什麼能攪動她的芳心？而那個匠俗不堪，忙著謀權篡位的馬克森提烏斯（Maxentius）王朝竟然容不下全心、全靈、全意歸主的凱撒琳，安排了五十個雄辯士向她質問挑戰。凱撒琳對基督教義的呈現與說明是那麼地傑出與輝煌，她對異教的譴責是那麼地驚天聳人，五十個原是要羞辱、駁倒她的男人全為凱撒琳所折服，全成了基督信徒！羅馬皇對她軟硬兼施，許她好處，也恐嚇、虐待她，最後凱撒琳的頭顱讓人砍下，她以首級見證信仰。

天使有耐心，幾世紀後才把凱撒琳的遺骸放到西奈山的修道院來。這個大院落，像個長途跋涉，疲憊已極，坐在大地上休憩的老巨人，時不時需要些補充與修葺。高大的棕土圍牆裡有著彎曲上下的通道、階梯，石板、木門疲憊，爬藤植物也不見得爭氣。看得見的，有許多可以保養得更好；看不見的，但願能善待珍藏。人說，修道院裡存有豐富的初始手抄本經典及手寫原稿；古遠的彩釉聖杯、聖物箱等聖餐儀式中所需的器皿也不缺席。這些，自然不隨意開放給人看。

有些遊客圍成一圈圈地聽導遊解說，拉扎伯則放我自生自滅。「看完了，到修道院另一頭的大堂吃早餐。」他說完便暫時告別。

如同一般年代古久的屋子，修道院裡各個房間不大，擠得到處是人。我探頭探腦，上下一陣跑，串門子那般，直到撞進了那小小的空間才住腳。有個教士賣著票，小桌上是一大疊紙鈔。另一個人就在旁邊盯著，不讓沒買票的人溜了進去。如同了解有關金字塔的細節，修道院其他部分的珍寶，看記錄片反倒詳實些。可是這房裡存放的人間稀奇，不實際目睹就要對自己犯罪了。

聖像，古老的聖像畫，有些更是人類史上最早的、僅存的畫作。聖人、聖母、聖子、基督通常是聖像畫的題材。它們不大，造型至今也不曾有過太多的改變。它們永遠簡僕、嚴肅地訴說著聖經故事。「聖升的階梯」最是引我注意。創世紀裡的亞各伯夢見一道通往天堂的梯子，天使們在那兒上上下下。七世紀的一位聖人克里麻卡斯（Climacus）以亞各伯的夢境為框架，以紀念耶穌三十年生命為開端，寫了有關靈修的三十個篇章，一旦實行，如同登上三十層階梯。而凱撒琳修院裡的這幅畫則是十二世紀時，受到靈修三十步驟啟發而有的創作。畫作的背景是一片金黃，從右上斜至左下的梯子上爬滿了神職人員，有些掉了下來，就要讓黑黑的魔鬼接走。

修道院的另件寶物我只在明信片上看見，是穆罕默德盟約證明書的複本。據傳，這是伊斯蘭征服埃及之後，穆罕默德親自保障修道院的完整與院內神職人員及朝聖者安全的證書，紙張左下方畫有一隻左手，算是穆罕默德的簽印。因著這張證明書，修道院才在一千四百年伊斯蘭治理下，得以留存至今。證明書是偽作也好，真跡也罷，所有參與爭戰的人都該明白，人類遺產並不噬人，更非明目張膽的威脅，毀了它們，再偉大的將領也只會是吃掉自己靈魂的屠夫。

出了修道院，看到早已等在外頭的拉扎伯。他領我走到離修院仍有一小段路的停車場。阿布度拉迎著我們緩步而來。男人們交換了幾句，拉扎伯說：「我就陪妳到這裡。阿布度拉會帶妳回開羅。」

「今天不工作了嗎？」我問。

「沒有工作。我現在還要走兩公里才能回到家。」

我在修道院裡吃飽喝足後，知道從深夜至清晨陪伴的拉扎伯不但滴水未進，仍要徒步一大段才能休息，實在過意不去。那麼，阿布度拉的情形呢？

「我整個晚上在車裡冷得睡不著。」

在我問了之後，高瘦的他皺著多紋的臉，把黑大衣拉緊，做出牙齒打顫的樣子。可憐這人，單獨在荒野等我九個小時，沒吃、沒喝、沒睡，還要開車七小時載個小女人回首都。我對埃及的觀光部門生氣了，怎麼只招呼外來的觀光客，國內的導遊就放著自生自滅？他們是賺了些錢，權益卻沒受到照顧。導遊們應該有同業公會向政府爭取，陪我的拉扎伯應該和我一同早餐，等我的阿布度拉應該有個可以安眠的溫暖房間。只是，在埃及跟誰討公道去？

白色Nissan瘋狂地向前奔馳，我們是在左右兩排巨大石頭山中間的公路上滾動。年初時的西奈太陽不烈，數十公里見不到其他生命跡象，久久之後才有天然氣儲存槽在遠處地平面昇起。我必定是不知不覺地睡了過去，車停，我才在沒有律動中醒來。

小碼頭。行人、機車、汽車亂糟糟地擠成一團，卻安靜無聲，一點也不著急。

「現在我們要過蘇伊士運河，就等對面的渡輪過來。」阿布度拉說。

「這次不經過隧道？」

「那邊塞得厲害。」

「怎麼知道？」

「我遠遠看到一條黑線，當然知道。」阿布度拉咪著眼睛，右手的拇指、食指把他看到的車陣捏成一根長針。

受檢後，我下車，離開人群獨自走到岸邊。這一段的運河就要入地中海了，兩岸距離並不特別寬廣，河面遠處水映陽光粼粼。誰相信，三千多年前便有人企圖讓紅海與地中海相遇，動機的產生自然是物品交易。在沙漠地挖挖停停，少不了有波斯王的參與，挖濬的工作也曾有過千年以上的休息時間。現在的蘇伊士自南至北近二百公里，如同上下撥開緊閉的眼皮，水道分割沙漠，巨型油輪、軍艦、商船緩緩穿梭其間。下回我要從遠處看，看那黃沙後面的船身以及船身後面的黃沙。

車子擠入開羅城時，人們正要點燈。昏暗的天色裡我看到街邊賣著的成排大柳丁。

「阿布度拉，停下來吧，我想買一公斤柳丁當晚飯吃……」

＊＊＊

以為第二天早些下樓早餐，果汁瓶空了會有人再裝滿。告訴一個男服務生我需要熱茶，他只虛應了一聲，再也不回頭。如果餐廳經理可以和女服務生在客人面前打情罵俏，在這四星飯店裡，掛在房外把手上「請勿打擾」的牌子讓打掃房間的太太拿下，不敲門地開鎖進來並親手遞給我，也就不足為奇。飯店位於一些大使館的聚集地，開羅的高級社區之一。

我決定徒步過橋，到解放廣場搭地鐵，在瑪阿迪的S站下車，再搭計程車去阿米娜家。「如果這裡的交通流暢了，開羅就不是開羅了。」這是M的名言。他去伊斯坦堡出差，趕不回來，卻買了張鋼琴獨奏的票，吩咐飯店櫃台給我。算是有心人了，原諒他。

在國際上亂得出名的交通裡瞎闖，不是件容易的事，所以應該懂得安慰自己，並且要了解或同意在路上所看到的一切；此外，更要讓自己相信，掛在店面櫥窗外的大肉塊並不會惹塵埃；或是偏偏往和路牌所指示的反方向走，因為信與不信，到頭來不都是迷路的結局？

走著走著，行人道越來越窄，怎麼給逼上了橋，自己也說不上來。步道只容一個人行走，對面來人了，總要有一人必須下步道和車子爭地盤。身旁的車子轟轟川流，在這個國家，一定要記得人讓車！邊走邊張望，藍天不知處，整個開羅城似乎矇上一層煙霧，尼羅河兩岸的高樓鬼魅般隱現，光線透不過原本應該是清澈的空氣，太陽彷彿在幾世紀之前已經來過。上了橋頂，三條叉路躺在眼前，突如其來的意外怔住了我，哪條路才是正確？怎麼走才能到達我要去的地方？美國詩人羅伯特．佛洛斯特（Robert Frost）的《未擇之路》（The Road not Taken）在這情況下頓時失去了提供做抉擇的魔力。佛洛斯特在林子裡踏上了較少人經過的，葉子不讓人將它們走黑的那條路，而我的路們卻是滿滿地充塞著急迫與焦慮。站在橋頂分岐路口的小空地上不知多久，腦子一片空白。好幾次，兩三個人從約十人座的小巴士下車。有的車甚至不稍停，只放慢速度讓人跳出著地。看了一陣子，我突然明白，這些全是沒有任何外在標記的另種形態公車，並且以橋頂的小空地做為停靠站！

兩腳領我走過象牙色的外交部大樓時，手機的震動驚嚇了我：「妳好嗎？」是M從伊斯坦堡來的簡訊問候。「我迷路了。」也不去算有幾個車道，只知要離開右側的橋墩，過到對面，以便沿著建築物走。「妳一個人嗎？」M又傳來。「大部分時間如此，不是嗎？」我似乎有些賭氣他的出差。「太糟了，妳現在怎麼辦？」

已晃走了兩小時，眼看就要來不及赴約，地鐵搭不成，必須想出個法子才行。抬頭一望，Hilton字樣大剌剌地立在高樓頂端。飯店門口必定有計程車，我心想。果不其然！我隨意攔下一部，「瑪阿迪！」

入坐後才發覺，我忘了上開羅計程車之前最重要的一個步驟。

「妳到底在哪裡？現在怎麼了？」M又來簡訊。急什麼呢？八百萬人的城市和美國的大森林是完全不相同的兩回事，在城裡迷路，黑熊不可能找得到我！

「上計程車了，可是馬不跑。」是我的回答。通常車裡的計費表上有個圖樣，是匹向前飛奔的白馬。我的疏忽是，上車前沒看著司機轉碼表，上車後當然沒辦法要他讓馬跑了。

「沒問題，妳一定知道該怎麼辦，我對妳有信心。」地中海另一頭的M又捎訊來。

是嗎？是的。開羅設有可以讓人申訴的「觀光客警察」，我拿出相機，拍了那匹不跑的馬。司機緊張了。我從不辜負M對我的信心。還有，到了目的地，我請阿米娜出來和司幾講價。開羅的計程車資極便宜，而一票到底的地鐵價錢，即便掉在地上也不會有人彎腰去撿。不過，貧窮不必要是清廉的阻礙。

「噢，阿米娜，我不知道妳有客人。」踏進她在四樓的公寓，我看到客廳裡有個男人蹲在地上，似乎在修理什麼。

「不是客人，他幫我修些小東西，解決些小麻煩，都已經三十年了，算是我們家的朋友。我也常給他的太太小禮物。」阿米娜邊說，邊招呼我進廚房。她正準備做午餐。

六十出頭的阿米娜頭包白布巾，身穿灰長袍，圓圓的臉頰親切。

「等一下還有個太太來幫忙把肉包進葉子裡，我心臟不好，不能太忙。」說著，她皺皺眉，伸手拍拍自己的胸膛。阿米娜教小孩子《古蘭經》，知道我想多了解伊斯蘭，一天三次電話，重複說著她多麼希望和我見面。

「如果妳想去亞歷山大港，我可以開車送妳。我也打算去看看朋友……我知道一個地方可以住，不貴，而且乾淨……好可惜妳沒時間跟我去雷哈（Rehab），那裡是新開發的地區，人少，地多，有漂亮的房子……還是不行，我這幾天又不舒服，開車去亞歷山大太遠了，不過妳非要來我家不可。妳搭計程車來很方便……地鐵？也可以，在S站下車，我來接妳……怎麼會，平常都是我一個人在家……」阿米娜就對我說這些。或更多、更多。

「妳喜歡吃米飯嗎？」

「嗯。」我點頭，微笑。

「說真的，我滿會做菜的，本來有個小餐廳，後來實在太忙，就收了。」阿米娜遞給我一杯滾燙的茶，杯裡塞了一小段薄荷枝葉。

「妳要加幾塊糖？」

「不加，謝謝。」

阿米娜張大眼睛看了我一下，好像她這輩子第一次知道有人喝茶不加糖。她給自己三塊。我還小心翼翼地往玻璃杯裡吹氣，阿米娜卻已經喝了幾口。她把杯子擱在雜物堆旁的小空位，抓了把香菜在水龍頭下隨便一沖，甩了甩，水龍頭沒全關緊便轉身，香菜上的餘水從水槽一路滴到她身後的小桌上。阿米娜一面撿菜一面說：「妳知道穆斯林一天祈禱五次嗎？」

「嗯。」我點頭，微笑。

「好極了！所以等一下我不能陪妳大約十分鐘，因為要禱告。可以嗎？」

「嗯。」我點頭，微笑。

幫忙修理的男人要走了，阿米娜送他出門。

是禱告的時間，阿米娜坐在客廳沙發上，閉上眼，口中唸唸有詞。事先徵得她的同意，我四處看看她的公寓，相當寬敞，完全是西式裝潢。白紗落地窗簾的外層是墨綠的厚絨布，銜接著的是古舊金黃流蘇。一套帶有紋路的淺棕黃沙發，另一套金灰，綴有暗紅小花。白牆上幾幅黑底燙金的阿拉伯文匾額，小茶几上是幾張加框擺著的家庭照。這空間的另一邊是鋪有淡雅花布的八人座飯桌，椅子的長圓形靠背邊緣環滿了大釘釦，牆上有一面鑲著金框的方形大鏡子。看到阿米娜的臥室裡有著臺灣人家庭裡常見的鞋架，真是有趣。可見得，埃及的建築公司也不把雜物間列入房間格局的設計。阿米娜祈禱不久後，門鈴響了，進來一位和她一樣包裹自己圓圓胖胖的太太，只是矮些。她們很友愛地打招呼。太太來幫阿米娜把一片片葉子分開、洗淨、包肉，蒸熟。

「來，妳一定餓了吧。」阿米娜熱心地為我盛飯。近下午三點，埃及人吃得晚。

「妳的朋友不一起來嗎？」我問。

「沒關係，今天我特別讓她來幫忙，等一下會給她一些東西帶回去。」

阿米娜把兩塊包在葉子裡的肉送入我的盤內。我原本要制止，卻猶豫了一下。她發覺有什麼不對勁了，便說：

「這些都是依照規定處理過，沒有問題的。」

依照規定當然是指動物被殺後，先把血放乾了才繼續切塊。我不在意肉的處理是否符合伊斯蘭的規矩，只是習慣上儘可能不碰肉。

「那麼穆斯林旅行的時候，吃東西就不太方便了？」我好奇地問。

「只要是服從先知的人所準備的飲食，也可以接受。」

「妳是指服從摩西和耶穌？」我說。

「妳怎麼知道？」阿米娜眼睛一亮，高興地問。

我笑笑，繼續說：「那麼婚姻呢？穆斯林就不能和非穆斯林結婚嗎？」

「只要不崇拜邪神並且服從先知就可以。」阿米娜回答。

我知道，男方是穆斯林，女方是猶太教或基督徒，伊斯蘭可以接受，因為猶太教徒或基督徒都算是「服從先知」，也因為孩子必須跟從父親的宗教，伊斯蘭得以流傳。可是，相反呢？女穆斯林可以嫁給猶太教徒或基督徒為妻嗎？不，不允許，至少在埃及。

「很多人說伊斯蘭太嚴格，其實是他們不了解。」阿米娜正襟危坐地說，「女人包裹自己，只露出臉和手，第一個受惠的是女人自己，這麼做，她們才不會受到男人的覬覦，引誘男人對她們產生邪念。妳看看電視上的那些……」

「嗯。」我點頭，微笑。

「我一生都按照《古蘭經》的訓示，所以才會有這麼好的生活。hamdullah！」

「看得出來，妳對每個人都很好。」我誇獎地說。阿米娜笑得很開心，說：「我對窮苦的人特別好，常給他們一些小東西。我們穆斯林女人對丈夫死心塌地，很會吃苦，承擔許多責任。我那些姐妹們有問題就找我談，我常勸她們多忍耐。阿拉對每一個人都很好，要是遇到病痛或不愉快的、悲慘的事情，那是因為阿拉要阻擋更糟的事情發生。比如說，跌傷手了，那是因為阿拉讓你不至於跌斷腳。如果得了胃潰瘍，那是阿拉讓你遠離癌症。只要有耐心，以後在天堂一定有賞報。」

「妳守寡多久了？」我試著轉移話題。因為這種說法不過是經典勸世文。

「三十二年了。我丈夫死的時候，大兒子七歲，小兒子五歲。」

「那時候妳一定非常辛苦。」我同情地說。

「是啊，hamdullah！還好我那時在一家美國公司當秘書，薪水很高，他們也因為我有兩個孩子，讓我上班的時間較有彈性。hamdullah！」

「妳一個人帶大兩個孩子，這期間沒有再婚的機會嗎？」

「有啊，有好幾個機會，可是我都拒絕了，把孩子好好帶大比較重要。後來公司關了，他們給我一大筆退休金。我用這些錢給兒子各買了一間公寓，現在他們也都有很好的婚姻生活。hamdullah！」

來幫忙的太太要走了，阿米娜拿幾個「葉包肉」給她。兩個女人在門口很豐富地談了一陣子，太太終於告辭。阿米娜坐回飯桌，喝了一口濃茶，告訴我，醫生交代她不可以吃得過鹹、過油。但是我發覺，她也和通常吃得過鹹、過油的人一樣，說：「我昨天沒吃這些，今天多吃點應該不會超出太多，不會過鹹、過油。」她看我嚥了幾口就說飽，相當不解。我只好強迫自己多喝茶，陪她一起有張口、吞嚥的動作。人與人之間的差距極大，胃口也是其中之一。

「阿米娜，先知穆罕默德有幾個妻子？」在伊斯蘭以外的世界，這是個敏感話題，我想知道女穆斯林怎麼說。

「九個。」阿米娜回答。我知道的是十一個，而且她們是所謂的「信仰者的母親」。

「妳知道穆罕默德的第一個妻子大他十多歲，而且比他早逝嗎？」阿米娜問。

「嗯。」我點頭，微笑。

「他娶第二個妻子是因為當時他已經五十歲了，以前的人壽命比較短，他怕自己死後伊斯蘭失傳，希望能有人繼承，所以娶了一個年輕的。他的第三個妻子是寡婦，原來的丈夫是穆罕默德的隨從，後來死了。先知為了照顧這女人，就娶了她，並且和她一起去麥地納。妳知道，穆罕默德娶每一個妻子都有原因的。」

「嗯。」我點頭，微笑。「還有，阿米娜，我始終不明白聖訓（Hadith）和聖行（Sunnah）的差別。」

「聖訓是記錄穆罕默德所說過的話、所做過的事，是了解《古蘭經》的工具，也是伊斯蘭律法的基礎。聖行是記錄穆罕默德的生活習慣，以及他怎麼處理事情。穆罕默德就是穆斯林的精神導師，我們從他的生活裡知道怎麼對待朋友、怎麼和家人相處、怎麼面對公眾的事情、怎麼和政府打交道。這樣解釋，妳了解了嗎？hamdullah！」

「嗯。」我點頭，微笑。

記錄生活原本是人類活動之一，阿拉伯人也不例外，差別是，阿拉伯人信仰伊斯蘭，也把自己的風俗習慣帶入宗教裡，時間一久，習俗便成了伊斯蘭的一部分，好像異物變成了基因。原本人類大部分行為不按理性而是依照習慣進行，這種流傳的、不經考慮、不受經驗審核、不受理性檢驗的風俗習慣，一旦受到宗教或「唯一真神」權威的強化，就成了不容置疑的絕對。如果行為是種非客觀認可的主觀絕對，其後果恐怕需要很多的辯論……

「還有……啊，妳聽著嗎？」阿米娜的聲音把我從思考中喚回。

「嗯。」我點頭，微笑。

「聖行裡說，每個人的一生有固定的點數，有好的，也有壞的。人和人相處可以依照行為的好壞從彼此間拿進或給出好壞點數。」

「有些複雜，可以說得具體些嗎？」

「比如A和B兩個人，A欺騙了B，A的好點就會過渡到B身上，並且從B那裡得到壞點。現在妳明白了嗎？伊斯蘭就是這麼公平，對不對？hamdullah！」

「嗯。」我點頭，微笑。

「和猶太人的關係呢？似乎從來沒好過。」

許多人不知道，猶太人與穆斯林之間的千年嫌隙，是以色列與巴勒斯坦衝突無法解決的原因之一，我想聽聽一個虔誠女穆斯林的看法。

「不是猶太與伊斯蘭關係好不好的問題，」阿米娜說，「阿拉根本就把猶太人摒棄在祂的恩典之外。hamdullah！」

「噢，為什麼呢？」

我知道，《古蘭經》第四章第四十六節第一句話即是「猶太教徒中有一群人篡改經文」，最後一句是「真主因他們不信道而棄絕他們，故他們除少數人外都不信道」。所以我很可以想像，這會是一向跟從權威的阿米娜可能提出的引證。

阿米娜說：「因為他們改變《妥拉》（Torah）、不信阿拉，而且老是爭辯，喜歡提問題，天天吵，事事吵，永遠沒有安寧的時候。」

果不其然，阿米娜的確這麼說。「猶太人篡改經文」早已成了伊斯蘭的「信仰」。《妥拉》相傳是西元前一三一二年摩西在西奈山由天主顯示給他，並經過發展的《摩西五經》。《古蘭經》卻是西元後六三二年穆罕默德過世之後才整理問世。《古蘭經》中採用了《妥拉》的一部分，年代相隔久遠，流傳過程中必然失去一些也加入一些。由於《古蘭經》已經絕對化，所以穆斯林認為，《妥拉》和《古蘭經》的相異處，就是猶太人篡改的結果。要能確定某個文件是否遭篡改，必須以原始內容為比較的藍本。《古蘭經》和《妥拉》的出現前後相差近二千年，後來者如何證明早先出現的不是原始而完整？這事我不能對阿米娜提，因為穆斯林不准對訓令發問，不准對《古蘭經》的內容產生疑惑；而人們常說的「兩個猶太人有三個意見」，正是猶太人凡事起疑、不信權威、反覆辯證的寫照。這兩種截然不同的處世態度，加上「絕對正確的《古蘭經》」對猶太人的定調，猶太與伊斯蘭不起衝突，也難！

聊了一個下午，阿米娜又祈禱了一次，我惦記著晚上的獨奏會。

「我必須走了，阿米娜，我還不知道怎麼去劇院哩。」

阿米娜指東指西，熱心地告訴我應該如何往左往右。街名、方向我都清楚，只是我對道路的想像永遠比事實簡單太多。

阿米娜回房，說是要拿幾本有關伊斯蘭的書給我。餐桌上的東西不多，我幫忙收拾到廚房去。手裡端著一些廚餘，在廚房裡轉了一圈，我找不到專門放廚餘的桶子、袋子或盒子。阿米娜恰巧進來，「就倒進垃圾桶裡啊，妳還在找什麼呢？」她看著我，不解地說。她遞給我一疊書，並順手接下我拿著的廚餘。我看到，在垃圾桶裡除了有說不出所以然的東西之外，還躺著一只壞了的燈泡及兩隻小保特瓶。

「妳知道開羅有垃圾城嗎？」我隨口問起。

「垃圾城？沒聽過。」

「妳知道開羅城每天的垃圾怎麼處理嗎？」阿米娜搖搖頭，對我笑笑，說：「來吧，我開車送妳去搭地鐵。」

阿米娜走得相當慢，下樓梯時可說是行動不便。她穿著及地長袍，看不出身體哪一部分出了問題。在室內沒什麼異狀，出了門才發覺。早知道就不讓她送。

阿米娜開一部白色Nissan，技術純熟，她一邊開車，一邊為我介紹附近的環境。

「前面再過去一點，右轉，就是我常去的俱樂部。」

「在那裡可以做什麼呢？」

「游泳。」

這讓我想到，有些移民到瑞士的穆斯林不允許自己的女兒上游泳課，因為「女人不可以在公眾面前顯露自己」。究竟阿米娜在什麼情況下游泳？

「妳有什麼樣的泳裝呢？」我好奇地問。

「噢，就是和妳在西方看到的完全相反的泳衣。」阿米娜倒回答得乾脆。於是我腦海裡浮現人們戲稱的波基尼（Burkini），是波卡（Burka）和比基尼（Bikini）的連字。波卡自然是指如同塔里班規定阿富汗女人必須穿著的，從頭頂到腳踝的大罩袍。除了類似洋裝的上衣及蛙鞋之外，波基尼和潛水裝沒什麼差別。如果阿米娜穿波基尼，她的俱樂部應該是男人女人都可光顧的。難道埃及沒有在較廣大世界所能看到的比基尼泳裝？或明或暗，哪個國家沒有？

「這是個大使館。」繞過一個小圓環後，阿米娜介紹著。

「以色列的？」

「咦，妳怎麼知道？」阿米娜驚訝得偏過頭來看我。

位在瑪阿迪區，房子前有一大圈鐵絲網、障礙物，不是以色列大使館，會是什麼？

黃昏。地鐵的婦女車廂裡人少。我累累地坐著。獨自旅行，就怕行李多。阿米娜給的書，我只選了幾本，《阿拉伯對歐洲文明的衝擊》、《伊斯蘭和近代經濟理論》、《有關婦女與家庭的伊斯蘭觀點》……全由埃及伊斯蘭最高事務局印發。我沒心思地翻著，想不透為什麼老是找不到A。他的工作有著潛在的危險，希望不要出事了。聽不到、看不到、接觸不到總是領人往壞處想。換個主題吧：劇院的鋼琴獨奏有什麼曲目呢？翻了翻在旅館櫃台抓取的節目單。噢，貝多芬的奏鳴曲華德斯坦（Waldstein）。可怕，好難！

＊＊＊

「穆沙，穆沙，你快說，到底聯絡得怎麼樣了？」

「妳沒看我正在問嗎？」穆沙把手機拿遠，回過頭來，瞪著他的牛眼對我說。就在我抵達埃及前的幾個小時，亞歷山大城的一個科普特教會遭到恐怖攻擊，二十一人死亡，七十三人受傷。我想去現場看看。穆沙是科普特基督徒，不找他幫忙，找誰？

「都過了四天了，還不能進去教堂嗎？」穆沙一結束電話，我立刻追問。

「和我接頭的人說，教堂裡面可以，可是外面的警戒還沒撤離。他們給不給進，沒人知道。」

「不管，去了再說！」

「至少一個半小時的車程，妳真要跑這一趟？」我用力點點頭，並說：「當然也少不了要去圖書館。」

車子擠出開羅之後便往北疾駛。

「政府怎麼表態？」讓司機專心開車，我請穆沙和我坐一起，方便談話。

「當然又是把責任推給外來的恐怖份子。」

「你不相信？」

「不是只有這次，穆斯林殺基督徒幾乎每一個新年前後都會發生，難道這些外國人來埃及當『季工』？」

「你很毒，穆沙。我喜歡！」

這男人開心地笑笑，又說：「穆巴拉克在事發兩、三小時後就上電視『安撫民心』，說的就是那一套。」

「事情在深夜發生，你們總統都八十二歲了，還凌晨起床上電視，可見事情的嚴重性。他到底說了什麼？」

「他說，那是哈瑪斯、『基地』或其他組織幹的，埃及人要團結，不要被利用了。」

「沒錯啊！我贊成埃及人應該團結的看法。至於是誰做的，你們必須去找出真兇。」

「我認為，政府是要顧全伊斯蘭的面子，而不是真為埃及著想；是為伊斯蘭說話，而不是為埃及這個國家說話。」

「難怪近來梵蒂岡請全世界關注基督徒在伊斯蘭國家受迫害事件，埃及的反應是『不要干涉我們的內政。』」

「嘿，我還有個『陰謀論』，妳聽不聽？」

「說！快說！」

「爆炸案是要把埃及境內基督徒和穆斯林的衝突升高，演變成某種形態的內戰，這麼一來，不歡迎宗教派參政的現任政府就必須下台，極端主義的穆斯林就可以執政，把埃及全盤伊斯蘭化！」

「老天，你還敢講這些！埃及警察怎麼虐待人，你應該比我清楚。」

「我當然只能對妳說，難不成妳還要出賣我？」

埃及政府規定，導遊不可以和觀光客談論政治與宗教。穆沙不但放心大膽地對我說，連顛覆政府的言論也出籠了！

「還有一件好笑的事，妳聽不聽？」

「說吧！」

「不久前有兩個以觀光客名義進入埃及的美國Fox電視台記者，他們說，恐怖份子的成因是，沒受教育及貧窮的人口眾多，失業率嚴重，所以才被利用等等傳統理由。」

「在阿富汗，有可能，可是在埃及……」

「鬼扯！他們根本不懂。妳還記得去年的爆炸案吧，他們行動的部分金援就來自一個國會議員！……」

車子進入亞歷山大，這個在羅馬帝國時代僅次於羅馬城的大都會，道路似乎比開羅寬敞許多；不過，只是感覺上如此。埃及的城市是浩大的，怪只怪開羅車多。穆沙說要帶我去看海，我原在港都長大，海還可以怎麼看？男人們趕我下車，要我自己去海堤上走走。「再過去就是塞浦路斯。」穆沙輕鬆地指指海的盡頭，說得好似一跨步便可到達。語音一落，轉個身，他就不見了。

地中海，真可以把眼睛染藍。那藍，泛漫在穹蒼與海上，空氣新鮮其實是藍的賜予。環身的藍，一張手，便可一把抓；一張嘴，便要含住從天邊、從海上淹溢過來的清明。我深吸一口氣，才明白，原來亞歷山大偷了開羅的藍天。

「給妳！」穆沙遞過來一杯冰淇淋。

「你還請我客？」

「別想太多。很便宜，才一歐元。」穆沙邊吃邊「安慰」我。

「可是你們……」話一出口，我立刻煞住。原想，埃及有多少人每天以不到兩美元生活，一歐元的冰淇淋實在奢侈。不過，說出來總是太掃興也不禮貌。埃及社會有不同的階級，每個人不得不各適其位地活著。

想像不出，邊吃冰淇淋邊抽煙是什麼滋味。我們走向停車場。穆沙，四十多歲的男人，講話急躁又大聲，有頭腦，沒耐性。他穿著一件黑色的Polo衫，深藍的YSL外套，胸前別了一個有小電池，可以發光，大紅襪上露出禮物的聖誕別針。「俗氣極了！」我指指那枚別針，一點也不諱言。「我像個小孩。」他笑著說自己。我不反對。

穆沙曾辦過一份週報，以他的性子，報紙內容當然不見容於官方。有個德國常駐開羅的記者打算幫他募款，事情尚未談妥，情治單位就他請去「喝茶」。穆沙告訴對方，如果能把他的錯誤具體寫下，他願意簽名。然而對方的控訴不過是符合官方要求，而非成文法令，所以他順利躲過牢獄之災。穆沙雖夠頑皮，卻也鬥不過當局，原本在他報紙刊登廣告的國營企業不再給他生意做。報紙雖沒遭查封，一年半後也只能歇業停擺。

車輪原本在路上滾得好好的，怎麼突然慢了下來？正想問明原因，只見數排著黑色制服的鎮暴部隊嚴陣以待，整齊肅穆地站在從大路旁轉入的小街裡。他們戴頭盔，透明盾牌立在腳前地上，右腿旁的長棍清晰可見。我立刻意識到，出事的教堂就在附近。下了車，穆沙突然說：「快，快走！」說完，他一個箭步走到一棟樓前，我不明究理地小跑跟著。穆沙和正要離開的什麼人說話。這人穿著連帽的黑色長袍，是科普特教會的教士。我剛到達，還沒站穩兩秒鐘，穆沙又說：「跟我來！」他神情嚴肅，竟然命令起我來了。

走上二樓，穆沙和一個男人在櫃台前談了幾句，男人領我們去見另一個男人。第二個男人帶路，要我們跟著他。走道上有些擁擠零亂，人人神情嚴肅，空氣中嗅得出緊張的氣息。小辦公室裡走出來一位女士。「這是瑪利亞。」穆沙介紹著。我們彼此握手之後，瑪利亞轉頭和人講話，這時穆沙在我耳邊說：

「我告訴他們，妳是記者，要來採訪，妳快提問題。」

「你瘋了！這是什麼地方，你還沒告訴我。」

「醫院！」

不是要去教堂嗎？怎麼……

「真是對不起，妳可以就在這裡問嗎？我的辦公室裡全是人，很不方便。」女士看著我說。腦子亂哄哄地，我一時啞口。該死的穆沙，沒說前，沒講後，我不但不知道自己在哪裡，更不知道正在跟誰說話。

「受傷的人全在這裡嗎？」我突然聽見自己這麼講。

「爆炸威力太大，七十多個人受傷，亂成一團。這是我們自己的醫院，最靠近教堂，可是容納不下全部傷患，很多人轉到其他不同的醫院。」

「怎麼發生的？」

「當時是除夕夜的聚會，教堂裡擠滿了人。儀式進行當中突然有巨大爆炸，我們所擔心的，就真的發生了。」

「有任何線索嗎？」

「目前沒有。雖然有許多傳言，卻都不可靠。就連有多少炸彈、怎麼進來、什麼時候進來，都不清楚。」

「如果現場破壞了，事情就更難。」

「所以在清理以前拍了許多照片存證。」

「我可以有一份嗎？」

「當然可以。」瑪利亞轉身進入小辦公室，交代一名年輕人把照片收入CD給我。

躺在床上的小女孩約六、七歲，左手肘纏著繃帶，額頭上貼有一大塊紗布，臉龐部分焦黑。她的床頭斜倚著一個娃娃，床尾是一隻填充的金黃大嘴鴨。女孩的媽媽戴著口罩，靜坐一旁。房間裡另一病床上是位戴眼鏡的女士，她的右手臂裹得厚厚的一層。我想看傷患，瑪利亞帶我進病房。沒料到我的要求得到應允，還是穆沙為我捏造的記者身分有效？正暗地裡高興沒人要求看記者證，回頭一想，這是埃及，不是西歐。

男病房裡的二十三歲年輕人見了我還露齒笑笑。

瑪利亞說：「他的左腳正準備開刀，目前還排不進開刀房，希望會有好的結果。」

我對年輕人舉起兩個大拇指，他又笑笑。

「受傷的人不只肉體疼痛，心靈也受到驚嚇。」出了病房，瑪利亞在人來人往的走道上說。

「在埃及當個基督徒不容易，似乎每年會定時受到攻擊。」我表現出自己的同情。

「以前不是這樣的……」瑪利亞正要告訴我什麼，有人走來，在她耳邊講了幾句，她轉向我說：

「很抱歉，不知道怎麼回事，今天的電腦出問題，恐怕不能給妳CD……」

我們道謝離開醫院後，我衝著穆沙說：「嘿，能不能告訴我到底怎麼了？」

「什麼怎麼了？」穆沙還真不明白我為什麼微微惱怒。

「下了車，你要我跟著跑，我還不知道我在哪裡啊！」

「很簡單。我一推開車門就看到我認識的一個教士正要離開。我趕著去，報上我的名字。我祖父在開羅曾經為教會做過許多事，我家在基督徒裡算是小有名氣的，所以教士交代其他人讓我們進去。妳沒注意到嗎，見到瑪利亞以前，我們是由一個人介紹給另一個人，層層交代下去，最後才見到她的。」穆沙瞪著他的大眼睛，張著他沙啞的嗓子，說得理直氣壯，好像是我冤枉他了。

「那麼瑪利亞是誰？」我問。

「病房部主任……」

醫院外的街上沒有車輛通行。兩群人各據街道的左右兩邊，全是採訪的記者及接受採訪的民眾，麥克風、攝影機也全都出席。穆沙領我左彎右拐，進入教堂內院。這是個有屋頂、有門窗的廣大空間。牆的高處有無數個拱形，由白磚砌成，並留下正方形缺口的大窗。陽光正艷，只要一抬頭，便可看到向上噴灑到白磚缺口，大片大片已經乾涸的紅黑血痕。內院中央的對面牆上，高掛一塊沾滿血跡的白布蓋著一個長形隆起的物體，我指指那看起來有些古怪的東西。

「布蓋著的是耶穌基督，」穆沙解釋，「他們故意不洗掉或移除這些『證據』，而死去了的人都成了烈士。」

我拿出相機，穆沙看到了，一聲也沒問，從我手裡一把奪了去，四處按快門，然後說：

「妳回去後，以電郵把這些照片傳給我。」這人，不但搶我東西，還命令我！

還沒完哩，亞歷山大城還有一座二千三百歲的圖書館！古希臘的文明與興盛卻在跨越地中海的埃及大港亞歷山大有著最完整的呈現，而亞歷山大圖書館更是這種呈現的集中與極致。西元前三百多年前希臘在埃及的總督托勒密（Ptolemy）自立為埃及王，由他開始蓋建亞歷山大圖書館，在他之後的兩世君王也不怠職，繼續擴充。圖書館裡有著當時全人類最完整、詳實的書籍典藏，有無以計數的書卷、手稿、繕本、手抄本、翻譯本，知識範圍涵跨地理、數學、天文、醫學、宗教、文學、藝術、歷史等等。除了重金收購、雇人抄寫、翻譯之外，以國家力量支持學術可以使出一般民眾難以想像的極端手段。亞歷山大城是當時的政治首府，也是舉足輕重的商業港都，東西方來往船隻不停歇地進出。據說樂於以知識裝扮的王朝甚至將外籍船隻扣留，直到船上的書稿全讓人抄下後才准予離開；不但複製其他國家的書籍，也派人出使外地，遠赴各國購買成套的經典。也因著如此的蓋世文功，亞歷山大有了當時人類史上藏書最富、文種最多、書目最全的圖書館。

世事原本從無到有，再從有到無。亞歷山大圖書館不但見證了，也執行了這個循環。它由希臘籌措蓋建，卻毀於羅馬手中。四季周轉了三百多次，地中海依舊湛藍，圖書館因凱撒戰役而頹圮，紀元後更是式微得厲害，移運到歐洲內陸羅馬城的殘存書籍因戰亂而焚毀失散，原始圖書館的建築也淹沒於二千年的歲月洪流中。人說，若是亞歷山大圖書館和時光一般年老，或許我們已是其他星球的外星人，石油也不會是要脅的武器。如果文明的盡頭命定是毀滅與消失，那麼浴火圖書館其實是延遲了人類的終結。

二千三百年的圖書館自然是說多了，然而正像突然失去手指的人總覺得手指仍在那般，那麼個史無前例的學術造極，雖是不得眼見，我卻執拗賭定，文字特有的魂魄與意念不捨人間，總是在時空中飄忽游移。二〇〇二年圖書館不但還魂，更有了個摩登的藝術造型軀體。不但恢復了它的歷史典藏規模，得到各國重量級書籍的贈予，更以最新科技分類收藏。不但又有附屬博物館，更有表演廳、演講廳與直屬的學術研究單位，從事翻譯與交流的工作。

至於嶄新的亞歷山大圖書館何時會消逝，就讓後人去傷心吧，現在我就要享受它。

「看到那些人嗎？」我們在圖書館入口處，穆沙指著大廳裡的一個團體。我點點頭。

「快，妳去加入他們，半個小時以後見。」我點點頭，轉身正要離開，穆沙把我叫住，「不可以把袋子拿進去，現在找寄物櫃來不及了，我幫妳拿。」我掏出錢包放入口袋，趕著去加入隊伍。

解說員是個包頭巾的年輕女士，英語極好。她說，館裡有多少藏書、多少視聽器材、多少閱讀座位、多少期刊、多少活動、多少研究單位、多少人員，以及多少歷史與多少輝煌……聽介紹總有一定的模式，一連串數字滑過耳際之後，說話者和聽話者就算共同完成了例行的工作。數字有時是超凡、偉大的記載，有時是傷痛與悔恨的告白。我願意在連串的數字中單獨截取一個，獨自思量其中的意義。

知道有個沙達特博物館就在大樓內，當然不能錯過。亞歷山大圖書館的規模與品質國際一流，本身就是個迷宮，去看沙達特之前怎麼有個全是阿拉伯婦女服飾的展覽廳？他們只展長袍，全都寬鬆灰黑，阿拉伯女人不要快樂嗎？還是她們的快樂只藏匿在偶爾的綉花與繁複的圖案裡？那麼多的銀製綴飾，沉甸甸，粗大而重。阿拉伯女人常常是圓滿、有份量嗎？否則如何穿戴得動？

走過一個稍稍上傾的長廊，盡頭處是個寬敞的冷肅展覽廳，一個鐵灰色的鋼雕正向我走來。它有個木乃伊頭顱，身穿及地長袍，水袖左右兩側攤展，袍子下端因走動而揚起。我注視它無神的大眼，它閉緊雙唇不發一語。我們緩緩走過彼此，不曾留下姓名。三條連著頸子的細臉上，凸起的鼻樑遠離浮腫的眼皮，卻親近噘起的雙唇，從頭部兩側延展出去的方形體上，有著水藍的倒立金字塔，以及橘紅色的可人小麥芽。雙排白亮亮的吊燈，照射著幾個長頸半身人，這些頭像全都微微揚起，冷僻而孤傲。

尋覓而勤問，沙達特館不得不讓我找到了，只是不給進，因為電線出了問題，怕參觀者發生意外，正在搶修。館外牆壁上有個螢幕放映影片，內容是沙達特的生平。紀錄片雖從納瑟談起，對他只是輕輕一提。看不到由納瑟領導「自由軍官」的介紹，讓我有些失望。納瑟的葬禮，倒是令人想起蔣介石在臺灣，以及毛澤東在中國的葬禮，都是人們集體自發的聚集，都是群眾極大規模的悲慟與哀號。埃及人和華人對「偉大領袖」的禮讚竟是這般相同。

按照一般對政治人物特寫的慣例，除了豐功偉業、勤政愛民，免不了要列入他的家居生活，以及和家人互動的情形。而一九七八年沙達特的以色列之行，才最引起我的關注。影片雖非彩色，沙達特在以色列領土下機，在耶路撒冷國會大廳的演講，在我眼裡，卻是如同怒放繁花般地色彩繽紛。影片裡，以埃雙方人員深怕稍有閃失的小心、節制、有禮，看得我心疼。那是埃及與以色列四次戰爭之後！多少人員死傷？多少家庭破碎？多少金錢損失？多少國際動盪？其實雙方都要和平，都要得緊吶！三年後，沙達特遭伊斯蘭激進份子刺殺身亡，再次引發全國性的集體哀號。為什麼激進份子沒看到在沙達特治下的修憲工作，將伊斯蘭法做為國家法令的主要來源，卻只譴責他去以色列低下求好而羞辱伊斯蘭？

沙達特館的這一角落是寂寞的，少有人青睞。我看完紀錄片，心，些許沉重，低頭思索，獨自默默地走著。一轉角，只見穆沙背著我的黑袋子，氣急敗壞地走來。

「我全館到處找妳！我說半小時，妳卻花了三倍的時間。妳到底去哪裡了？」

「不能怪我，」我先下手為強地防衛自己，「怎麼知道圖書館裡有博物館？怎麼知道我進了博物館就出不來？」

接過黑袋子，我抬頭挺胸先走一步，留下無可奈何的穆沙。

「館外螢幕裡的片子是阿拉伯語，妳聽不懂還能撐到把整個片子看完？」

回到車裡，安全帶尚未扣妥，穆沙便急著說。還有些事情需要釐清，我請他離開司機坐到身邊來。

「聽不懂當然可惜，不過我對這段歷史有些了解，多少可以平衡這個缺憾。」這說法算是回答了穆沙的問題。

「我不安排別的地方了，免得妳今晚的約會遲到。」穆沙說。這雖可惜，想到開羅的交通，想到和A的約定，還是提早離開亞歷山大吧。

「穆沙，我現在要問你一個不禮貌的問題，如果不願意，你可以不用答。」

穆沙應該知道，我是和他討論。不過一旦牽扯到人與人之間的和諧關係，某些表示仍是少不得。

「說吧。」穆沙毫不猶豫地鼓勵我。

「你的收入如何？」

「導遊的工作，一天薪水五十美金，觀光客給小費，每人每天六美元。這是指有工作的時候。」穆沙回答得乾脆。

「什麼時候是有工作的時候？」

「埃及的旅遊集中在十一月到隔年的四月。夏天，有時一個月只做幾天。」

「嚴格講起來，你只工作半年？」

「可以這麼說。如果能夠工作的半年裡，每天都有觀光客的話。」

「所得稅？」

「百分之二十。」

「根據預估，埃及今年會有大約百分之七的成長率。」

「那是菁英們的高調說法。妳應該也知道，經濟成長的好處只集中在少數人手裡。而且，由於政治不穩定，連埃及人自己都不在國內投資。」

「這，不好吧。」

「怪誰？妳呢？妳會在埃及投資嗎？今天早上妳看到爆炸案的現場了，不是嗎？」

車子已駛離市區，正向高速公路奔馳。我開始覺得累。

「還有，穆沙。婦女包頭巾似乎有增加的趨勢，原因呢？」西歐由於受到伊斯蘭激進份子的威脅，所以各國都有所謂的「頭巾問題」，因為頭巾是伊斯蘭的象徵。我猜測，埃及婦女故意以行動對有錢有勢的西方做出抗議。出乎我意料，穆沙竟然說：

「一九七九年伊朗革命後，伊斯蘭更加興盛。伊朗是什葉派，埃及和沙烏地阿拉伯一樣，是遜尼，兩派較勁，埃及的遜尼就以多包頭巾來顯示伊斯蘭也在埃及興盛。」

姑且不論穆沙的說法是否正確，他倒是提醒我，伊斯蘭內部的分裂爭鬥千年不變，從未止息。其他宗教不也如此？

「還有，穆沙。這是個會讓你生氣的問題，可是請你先忍忍，等到我離開後才生氣，行嗎？」

穆沙無可奈何地笑了。他把頭靠在座背上，調整了一個比較舒適的坐姿，偏過頭來對我說：

「知道嗎，妳真的很奇怪！從不問哪裡可以購物，連金字塔都不想去，卻老是問些有關埃及的社會、內政問題。看來，妳是新品種的間諜。」

「隨你說去。我的下個問題是，你似乎老是講伊斯蘭的壞話，是不是因為你自己是基督徒的關係？」

「聽著，妳應該這麼看事情。」穆沙突然又坐正了起來，很嚴肅地說：「正因為我有許多穆斯林的朋友及工作夥伴，所以才這麼了解。妳要有一個概念，穆斯林、伊斯蘭和埃及是三種不同的因素，它們交叉相乘，相互作用的結果，讓事情看起來撲朔迷離。穆斯林和妳我一樣都是人，這是第一點，可是伊斯蘭把這些『人』限制成穆斯林，妳懂我的意思嗎？也就是說，如果伊斯蘭是個獨裁者，穆斯林就是受他壓迫的人，為什麼受壓迫？因為伊斯蘭所崇敬的《古蘭經》是絕對的，只要是絕對，就不能針對它的內容進行討論，就不能更改，就是一種壓力。接下來，第二點，他們的先知穆罕默德有那麼多妻子，又是個絕對模範，而這種情況偏偏出現在像埃及這種社會主義當道的發展中國家，妳想會有什麼後果？」

「孩子多，社會成本極高。」我立刻接腔。

「多娶一個太太要多花錢，還好埃及窮，否則不但孩子多，有兩個以上太太的家庭每天會有多少糾紛！」

「不一定噢，我就認識一個東耶路撒冷的巴勒斯坦人赫米（Hemid），他有四個太太，最小的太太比他在希伯來大學唸數學系的大兒子還小兩歲。一家人和樂融融。」

「妳就相信那樣的家庭沒有問題？」穆沙一臉的懷疑。

「這是赫米自己說的。」我聳聳肩。

「至於巴勒斯坦人啊，我有些不愉快的經驗，等一下才告訴妳。」我點點頭。

「嘿，我說到哪裡了？」穆沙問。

「第一、第二點都說完了吧。」我猜想。

穆沙頓了頓，又說：「對了，第三點，穆斯林想：我做一小時，只賺那麼一點錢，那麼我為什麼不做和那一點錢相稱的工作呢？妳懂我的意思嗎？他們對『配合那一點錢』的工作有所想像、有所期待。埃及社會的一個大問題是，工作和所得不成比例！窮人比沙漠裡的沙還多，主食麵包又有政府補貼，餓不死。這種餓不死又沒有工作動力的人口佔大比例。埃及人口增加得很快，因為人口過多而產生的社會負面現象，我稱為『擁擠文化』……」

「我贊成第一、第二點，對第三點有所保留，因為第三點也適用於基督徒……」我打斷穆沙的談話。

「當然基督徒也受穆斯林的影響，也缺乏工作動力，因為他們也在埃及。不過，一些大公司及銀行財政部門大都採用基督徒。」穆沙也插嘴說。

「為什麼？因為在全世界陸續發生的恐怖事件和穆斯林有關？」我猜測。

「一方面是如此，另方面是因為，比較起來，基督徒仍然相當勤奮，他們認為，努力工作不僅是賺錢養家，也是光榮上主。」穆沙說。

「所以有不同的工作倫理？」我問。

「所以有不同的工作倫理。」穆沙答。他又挪動了一下，讓自己坐得舒適些。

「沒錯，沙達特那時候放入憲法裡的。」我附議。

「非常不一樣。」穆沙不贊同我的看法。「埃及的司法是以伊斯蘭法令為指標。」穆沙說。

你們的內政問題。至於解釋《古蘭經》，還會繼續爭執下去，不可能有結果。基督宗教不也一樣？」

「這叫缺少愛嗎？根本是不成熟，小孩子氣，就怕學生趕過他，比他有成就。全世界沒有格局的教授啊，套一句你的話，比沙漠裡的沙還多！接下來，人口多和媒體素質不夠好，是

「比如說，教授對學生的態度是：我受了那麼多苦，好不容易熬到了這個位置，你們也應該受苦，休想那麼快就能得到我的知識。」

「有什麼缺少愛的例子嗎？」我好奇地問。

稀奇，第一次聽到有人把「愛」做為衡量國家、社會品質的標準！

「說真的，埃及的問題就是，缺少愛、人太多、媒體分裂人民，以及對《古蘭經》內容各種不同的解釋。」穆沙繼續說。

「對啊，你好聰明，我專程搭機來開羅，為的就是要找埃及在各方面有多麼糟糕的證據！」我說著，也向穆沙眨眨眼。

「哈，妳這一連串『還有，穆沙』的真正目的，現在終於鬆口了。妳拐彎抹角問了一堆，其實妳最有興趣知道埃及有多麼不好！」穆沙說著，向我眨眨眼。

「還有，穆沙。請你說說埃及的壞話。」

「如果伊斯蘭不退位到完全私人領域，埃及永遠有潛在隱憂。」穆沙皺著眉頭說。

「因為司法是正義最後的防線，如果伊斯蘭法令有不同的解釋，等於司法沒有底線，可以有不同的判決。」我循著穆沙的觀點推論，他向我豎起拇指，然後說：「我所屬的科普特教會就不和政治掛鉤。」

「說到判決，穆沙，讓我想到人死後的最後審判。任何宗教都有各自的說明，算是補足人間司法的缺撼吧。」

「其他宗教的，我沒研究，伊斯蘭和基督宗教的就不相同。」穆沙很有把握地說，「伊斯蘭是按照人一生行事好壞的多寡來做決定，基督徒卻必須『淨化』自己才行，就像在一杯清水裡滴入藍色墨汁，必須把藍色去除，還原成清水才算。」

「那麼我八成進不了天堂了。」我說。

「我也一樣。」穆沙也說。我們相視而笑。

記得M曾帶我去過開羅伊斯蘭區，離阿茲哈爾大學不遠的撒拉撒連街（Salah Salem）。當時我沒問，那一帶是否就是死者之城（City of the Dead），也懷疑，這一名稱是埃及人自己說的，還是外國人取的。M說過，開羅有住人的墓地，我好奇，想多了解。

那時，撒拉撒連街上車子極少，街旁是一整排磚造的圍牆，不特別高。M放慢車速，偶爾看到一扇半掩著的藍色鐵門。我讓M停車，打算去看看。M下車去推開人家的門進入，我留在外面等候。經允許了，我也進來。那是個收拾得非常乾淨的空地，鋪有石磚。空地上有兩個高約一百公分，體積相當大的，由磚塊砌成的黃色長方形突起物。M說，那就是埋葬死人的地方。空地延伸出去的右側方有個平台，平台旁整齊地晾著衣服。讓我們進入的女人穿著黑色大長袍連著黑帽，膚色深、皺紋多，微笑時，缺了牙的黑洞令人驚訝。她以手勢告訴我，有屍體來時，必須把墓掘開，走下地道，把屍體放入。難怪這兩個方形墓穴旁邊地上沒有石磚，只是沙土，方便掘開，我想。

空地對角處各有一個房間，我要求看看，女人允許。原來一間是廚房、一間是臥室，廁所就在臥室外的小角落裡。一個白色大冰箱倚著廚房的外牆，還好開羅難得下雨。臥室裡有兩張單人床，兩床中間是張有著條紋花色的小地毯，床上有幾件被子，床腳由磚頭墊高，茶几上蹲著個小電視機。這女人和她的女兒、孫子住在一起。

M說，住在墓園裡的人是由有錢人聘僱來看守。這些人不但住宿免費，每個月還有固定薪水可拿。所以看守墓園，和死人住在一起，也是一項工作、一種職業。那麼我的闖入私宅呢？當然也要給些酬謝金。

「還有，穆沙……」

「我以為妳累了，不講話了。」

「我不過神遊了幾分鐘，現在決定再吵你一下。」

「說吧。」

「你不是要告訴我和巴勒斯坦人接觸的經驗嗎？」

「噢，那是在網上chat的時候，我總覺得他們過於激烈。」

「怎麼回事？」

「我有好幾次經驗了，就講最近的一次吧。有天上網碰上了一個巴勒斯坦人，他一直抱怨生活有多差。我說，他應該把這些告訴西方人，我們埃及人相當了解。他竟然說，如果我了解，為什麼是基督徒？為什麼不是穆斯林？」

「奇怪，這和宗教信仰有什麼關係？」我不解。

「所以啊，我問他，到底是談政治還是宗教問題？他說，兩個問題是同一個問題！嘿，政教不分是地雷，什麼時候踩上了，就會爆炸。妳一定也同意。」

我點點頭。

「這種情形，必須以他的角度、他的『語言』和他講話才能夠『溝通』。所以我問：『你的阿拉是不是公平正義的？』他說：『當然。』我繼續問：『如果阿拉是公平正義的，一定是你們巴勒斯坦人做太多壞事，所以生活太差，所以才會受罰！』」

我一聽，在車裡笑翻了，穆沙也笑得滿臉通紅並且說：

「妳看，這麼簡單的邏輯，他竟然沒想到！」

「後來呢，那個人怎麼說？」

「他大罵特罵，那些字眼，我現在不好意思對妳講……」

不久後，穆沙睡沉了。這個自己有三個孩子的大孩子，是我見過最有趣的阿拉伯人。車外，應藍不藍的天灰撲撲。有人在公路分隔線柵欄處鋪上幾條圍巾販賣。M來簡訊：「妳真的不再考慮等我回來才離開？」

* * *

要能夠和A聯絡上不是件簡單的事情。他的行蹤飄忽，消息回得慢，和他約見，需要許多的耐心與等待。他來到我下榻的飯店已經是晚間十點半，仍是一襲科普特教士黑長袍與連衣的黑帽，形色匆匆。

「非常謝謝你能來。」

我們握過手後便往外走。街上的活動明顯減少，只有幾個賣吃食的店家還亮著燈。運動用品店早已歇業，網咖裡也沒有半個人。A原本高壯，映在牆上悠忽的影子更顯得巨大無比。他似乎對扎瑪雷克（Zamalek）這一帶相當熟悉，領我快速走過幾條短街，來到一個停車場。

「上我的車吧，我們就在車裡談。」是A的建議。

我曾在耶路撒冷和一位軍事策略專家談話，也在一個停車場上，也在他的車裡。當時是早晨七點半，由於雙方都忙，為了節省時間，車裡也是一個談話的好空間。和A在車裡談話的理由和在耶路撒冷時完全一樣，只是時間恰巧相反。一早，一晚。

「我去亞歷山大港看教堂了。」一開頭，我便說。

「不可思議，對不對？科普特教友在埃及已經是少數了，他們為什麼還對少數的、沒有任何政治作用的團體下手？」A的語氣不是提問，而是指責。

「不是警告，就是挑釁，再不然就是懲罰，懲罰基督徒為什麼不改信阿拉。」我接著他的語意說。

「妳知道希臘語『科普特』就是指埃及嗎？埃及人原本絕大部分是基督徒，埃及比歐洲更早基督化，第七世紀伊斯蘭西傳，才改變了埃及人的信仰結構。」

「這些我知道，而且約三百年前的信仰人口結構還是一比一，現在科普特只佔十分之一了。我感覺最可貴的是，你們的儀式裡還保有古老的，三千年的埃及語言。奇怪的是，我一直『不承認』埃及人是阿拉伯人，也很希望埃及能恢復它原來的語言和文字。」

「如果我沒記錯，好像有個在國外埃及人團體的訴求和妳的想法一樣。不過，不太可能吧。埃及人講阿拉伯語已經一千多年了。」

「可是別忘了，希伯來語是失散兩千年之後又恢復的。」

「話雖如此，恢復埃及原來的語言沒有必要性，沒有需求就不會有提供。所以，這件事大概要讓妳失望了。」A笑著說。

「我一年來兩次埃及，都碰到剛結束的槍殺或爆炸案，也都是由穆斯林向基督徒下手，這個頻率以及我近年來追蹤的案例，全指向一個令人不愉快的事實。這個事實，一部分是由國際局勢的發展所導致，而且牽涉的範圍相當大。現在我在埃及，只想知道埃及境內較具體的情況。」

我開始有點累了，得強打起精神才行，和A見面不容易，等會兒他還要回去距離開羅一百二十公里遠的修道院，因為明天就是科普特的聖誕節。

「埃及科普特基督徒和穆斯林的關係，大概除了上世紀中期共同對付英國的那段時間之外，基督徒一直是處於弱勢地位。」

「我了解。我想知道的是，埃及憲法雖然規定國民有信仰自由，可是憲法歸憲法，真正執行起來，卻有不同的情況，也就是所謂的『國家法』與『民間法』。」

「這兩個詞倒是新鮮。我懂妳的意思。明顯的例子是，不准蓋教堂，卻准蓋清真寺。穆斯林改信基督的手續比官方規定的要拖延更多的時間，也很難拿到身分證。有的基督徒改信伊斯蘭後，又改回原來的基督信仰時，身分證上要註明他們曾經是穆斯林。還有一種可笑的說法是，基督徒和以色列串通，把武器藏在教堂的地下室，計劃要『顛覆』佔人口絕大多數的穆斯林。科普特教友是埃及的根，我們歡迎來到埃及並且定居下來的客人，把他們看成是兄弟，我反對任何傷害穆斯林的做法。當然我也反對任何傷害基督徒的手段。有些穆斯林的做為是很難讓人嚥下一口氣的。」A嘆了口氣，又接著說：「有個事件是，穆斯林搶教堂、燒教堂，還把人打傷。調停委員會判定惹禍的穆斯林應該賠款，可是我們科普特不接受。」

「為什麼不呢？」我不解地問。

「當然不能！妳想想，這不等於是，我們的受辱是他們花錢買的？」A的話讓我的腦子轉了好幾圈。

「他們到底要什麼？」我問。

「建立一個沒有異教徒的純粹伊斯蘭國家！」A說。

「我知道還有穆斯林強迫科普特女子改信伊斯蘭的，不是嗎？」

這事我沒問對伊斯蘭虔誠的阿米娜，即便問了，她的反應可以是否認，也可以是不知道。A聽了我的問題，沒立即回答。他頓了頓，想了想，突然說：「妳等等！」然後他掏出手機，撥通電話，講了約十分鐘，掛斷電話，對我說：「我們走。」我還沒來得及反應，他已轉動鑰匙，發動引擎。「去哪裡？」我不解地問，甚至有些驚慌。

「朋友家。他們正打算出去吃飯，還好讓我給攔住了。」

「為什麼去朋友家？」

「因為要給妳看一樣東西。」A的動作敏捷，車子輕易繞出停車場，直上大街。我滿心狐疑，卻也信任這個正專注開車的科普特教士。原本人車相爭的道路，深夜時分竟然空曠得令人不適應。

「你的車子對我不友善，讓我不容易上下！」到了另一個停車場。A的車子和他一般，又高又大，活生生是部黑坦克，想像不出他在開羅怎麼出入。

「沒辦法，我不但專跑長途，還要運送『物資』和『人員』，只有這種車子才能完成任務。」

A對我眨眨眼，我了解地點頭微笑。他從後座提出一個黑包。我們在暗夜裡快速走向一棟公寓。

出來應門的男人個子不高，A介紹這人是K；他應該和A相熟，兩個男人親切擁抱。寬敞的客廳裡還有一位光頭男士R及兩位年輕女子。R是電氣工程師，在杜拜任職，這幾天休假，回開羅過科普特聖誕節。女子的樣貌引人想像，若有天仙，也必定相去不遠。

K要為我們泡茶，卻不知道茶具放哪兒，他的妻子去了亞歷山大城，沒了「顧問」，他只好轉問兩位天仙，原來是他的女兒。客人願意拿單耳方杯，K非要以有小底碟的茶組待客。他的殷勤是以跪在地上，從木櫃下方小心翼翼地拿出幾個茶組才成就的。

原本知道阿拉伯人熱情多言，如今見識到，這屋裡的人還能交叉說話。人人各站一方，不僅和隔壁的人談，也能和正對面的人講。我在一旁端詳淺笑，看到這個家庭的擺設多麼地非阿拉伯，牆上抽象油畫的色彩與構圖那麼地令我喜愛。在這家庭裡，即便深夜，人們依舊笑談江湖。

A從他的黑包裡拿出筆記型電腦，連線到電視機，對我說：「科普特女子被迫改信伊斯蘭的例子，紀錄片裡就有。」

啊，我才明白，原來A這麼一大折騰，特別深夜到朋友家，就是要我對這議題有更加詳實的了解！

穿黑衣的女孩只有十六歲，她邊說邊哭泣。那種哭，是連肝膽都要翻出來的哭法。年輕女孩生就愛美，什麼事情讓她在攝影機前把自己不見得願意給看的模樣，無法扼止地攤現在人前？因為科普特女孩遭激進穆斯林綁架，十天裡強暴她十六次，父母想盡辦法救出她後，卻已懷孕。這些穆斯林的作為用意何在？那是低俗男人的世界裡，通用的，毫無廉恥的卑鄙手法，以為以暴力奪取女人最大隱私，便能使她們自棄，進而就範，進而讓接受征服的女人改信伊斯蘭，生產更多穆斯林。

A一連問了幾次，我是否跟得上阿拉伯語紀錄片裡的英文字幕。我猛點頭，眼睛一刻不離地盯著螢幕，就怕錯過任何一個鏡頭。接著有幾個同樣遭遇的女孩敘述她們的苦難。更有些女兒行蹤不明的父母，他們擔心、焦慮得就要瘋狂。另有一對年輕的科普特夫妻，他們長年受到激進穆斯林的騷擾、恐嚇，申請到國外依親，屢屢遭拒，多次搬家，警察卻如影隨形。夫妻倆根植了的驚惶神態，讓人以為他們原本就是以如此的面貌出生，那種害怕，即便在天堂也揩拭不掉。

緊接著的第二部紀錄片，《在烟霧中生活》的片名一上螢幕，我便叫了出來：「啊，垃圾城！」

「妳知道這個地方？」A驚訝地問，大夥兒轉身看我。

「不僅知道，我還去過！」

片名的背景「市容」，只要見過一次，任何人都會終身不忘，我當然立即認得那個恐怕是世上僅有的社區。

曼式耶特納瑟（Manschiyyet Naser）是開羅摩卡塔山腳的一個地段，約在上個世紀七十年代初期，政府將從事垃圾收集和分類工作的人搬聚到此地。早晨，數千人從住處分散前往開羅各區，有的徒步，有些駕著驢車、小卡車。幾個小時後，他們「滿載而歸」。大包大包的廢棄物由垃圾城裡的各個家庭「認養」，所有的開啟、傾倒、耙攏、丟拿、分類、裝載、綑綁……全是徒手進行。他們沒有特殊的工作服、沒有手套腳套、沒有任何防範感染細菌、傳染病的措施。每一個以四壁圍起，上有蓋頂，沒水沒電的家，就是一個作業工廠。大人小孩全都從事同樣的工作，所有的作息活動，全在垃圾堆裡進行。垃圾城裡，百分之九十的人口是科普特基督徒。如此的工作一代傳一代。他們的識字率低，因為沒有學校。他們的得病率高，因為他們和垃圾一起生活。

過去，這些人趕著豬隻走遍大街小巷尋找廚餘餵食，成豬屠宰後，賣給基督徒聚集區的肉鋪。穆斯林原本恨透豬仔，兩年前的一場豬瘟恐慌，讓有關單位得到機會，一舉滅殺數十萬頭豬。現在的開羅城，有些地區的廚餘處理成了社區令人頭痛的問題。「骯髒」的豬隻消失了，開羅卻多了一種有待開發的新產業。

紀錄片裡，一名婦女以手指搓破塑膠袋，劃開一道，餿水立刻流得滿地。她撕裂袋子，垃圾立刻翻騰而出。孩子們在她腳邊翻撿，保特瓶往右擺，鋁罐往後丟，紙張塞入袋子裡……他們動作迅速，各司其職，一大包垃圾在幾分鐘之內處理完畢，剩下的，以耙子兜攏在一個大塑膠圓盤上，三人合力抬起放在一名婦女的頭上。她把這一盤垃圾帶到何處？說是去燒掉。影片最後是一段數據，說明此地的低識字率、高得病率，以及高死亡率。這些阿拉伯語為匝巴林（Zabbalin）的垃圾人，以及影片第一段所紀錄的苦難人們，當然是A要特別關照的科普特基督徒。

「你應該把這兩段帶到國外放映，引起關注，由國際社會向埃及政府施壓。」其他人正談話，A忙著收拾他的電腦及電線，我走過去對他輕聲說。

想到曾看過一小段偷拍的短片，時間是深夜，地點是在某個沙漠裡。有個沙烏地阿拉伯人懷疑受僱於他的阿富汗人偷竊，命人把那佣人反綁雙手雙腳，丟在地上，掰開嘴，把沙土硬塞入那阿富汗人口裡。這片子走私到一個美國參議員手中，並引發是否進行干預的討論。

「不行，我不能這麼做。」A回說。「我答應影片裡的人，絕不洩露他們給外界，更何況我自己也會有危險。」

「你的修院怎麼說？」A的工作早已超出一名教士的職責範圍太多，可是少了他，等待救援的人該怎麼辦？

「我交代了些，卻沒提細節，如果出事了，修院才不至於受到牽連。我給圈內人看，可以募款，而這些事情也的確需要紀錄下來。」他匆匆說明。

像黑夜裡來去自如的一陣風，A打擾了朋友後又即刻起程。他把我交給R，因為R的母親恰巧住在離我飯店不遠處。人們相互道別，在門口又是一陣交叉談話。

「你去杜拜時，這車怎麼辦？」

上了R的Volvo，正扣安全帶，便順口問了。

「這是我媽的車，我偶爾回家時，她就讓出來。」

其實車行時間不長，R卻聊了他的工作、他在杜拜的生活，以及差點成為妻子的德國籍女友。聽著、聽著，近清晨三點，卻也不感覺睏。先前的疲累應該是讓開羅的夜風吹散了……

＊＊＊

「我已經到了，就在妳飯店門口的對面。出來吧。」

G在電話裡說，正當我故做無意卻渴望知道，有守衛的大黑鐵門裡會是什麼樣的一片窮人禁地時。我怎麼會在飯店裡死等，人生風景怎麼看得完？這是個大使館區。看，那中國使館不就大剌剌地跨據呈垂直的兩條街？比起其他地方，此處總是菁英一些，路較好，垃圾較少，招牌掛得穩，冷氣機也吊得比較牢靠。

「我不在房裡。馬上到。」

遠遠看見G。他高瘦英挺，穿著一身白，斜靠在白色跑車前門。見我小跑著來，立即摘下墨鏡，有禮地與我握手問好。

「看妳跑得那麼喘。散步去了？」

「嗯。」我送給他一個微笑。

G帶我來這兒，一個完全西方陳設的小餐廳。西方風味？更好說是麥當勞的情調。無論餐飲內容、取餐方式，這類飲食店全世界總是那般，唯一差別，或許是站在櫃台後工作人員的膚色。這一區的物價比尼羅河對岸解放廣場旁小街裡的要貴上幾倍。除了劇院裡的演出及美術館裡的作品我不願妥協，其他的，就喜歡平民些、粗俗些、暴躁些、真實些。現在G選了這地方，當然違逆我的本意。只是，我不提，他又怎能知道？然後，我要了一杯柳橙汁，他點了一瓶礦泉水。

隔桌兩個包頭巾的年輕女孩正抽著煙聊天。坐我對面的G侃侃而談。他的背後是一大片透明玻璃窗，遠處的尼羅河上沒有船。

二十四歲，開羅的美國大學土木工程學系畢業，G的成熟自信，在同儕中應不多見。他的英語流利、思想敏捷、觀察銳利、見解特多。他的說話神態、臉部表情像極了更年輕時候的布萊德・彼特（Brad Pitt），只是比布萊德更要白皙。

「你真的寫了二十二條政府的大罪狀？」我驚訝地問。

「當然！我還要擴充內容，寫成書。」G點點頭，嚴肅地看著我。「我們有一個非常弱、非常弱、非常弱的政府。那些整天坐在辦公室裡的老人根本不知道外面發生了什麼事。」G皺緊眉頭，說得似乎恨不得埃及立刻改朝換代。

「開羅的交通亂了幾十年……」

「我知道妳一定會提到這個問題。」G沒等我講完便插了嘴：「不是只有妳，所有來過開羅的人，還有埃及人自己，全都知道這個問題，也全都束手無策。我們的人口增加太快，建設完全趕不上。」

「減少人口呢？在埃及恐怕不容易吧。穆斯林和科普特都熱衷於生小孩，不是嗎？」

「我不這麼看。這件事和宗教無關，和教育有關。教育程度越高的，小孩生得越少。」

「問題不就有解了嗎？過一個世代，開羅的外貌就改觀了。」我故做樂觀，看看G還會有什麼說法。

「我們的教育是澈底失敗了。沒有自由思想、沒有和現實環境相配合的作業、沒有交換學生，一個班級裡的人數太多。還有，教科書內容僵硬陳舊。學校考試只要死記應付，就可以有好成績，考試完了，什麼也都忘了。教師資格不夠，也不教學生負起責任。還有，妳能想像嗎？百分之九十五的公立學校沒有電腦！這是什麼時代了！」

G說得又氣又急，兩手一攤，無可奈何地看著他的聽客。我深吸一口果汁，不知道該說什麼。

從可以抽水煙的阿拉伯茶店過渡到可以吃漢堡的西式快餐店，我端詳著G混身上下的好萊塢影星風采，聽著他足以讓情報人員豎起耳朵的談話，開羅紮紮實實地縱容了一個古怪的世界。

「埃及不窮，妳知道嗎？埃及一點也不窮。政府應該大量築路，讓人不會害怕到西部去，讓人認為到西部去值得一賭。儲存西部的風力和太陽能外銷，或在沙漠裡自己運用，埃及其實可以非常富有。也不是只有在運用自然資源的事情上，這個政府根本不懂什麼是研發。有時候他們找學者訂規則，訂了規則卻不執行。有時候是根本不知道怎麼做。不知道怎麼做，為什麼不抄呢？怎麼連抄都做不到呢？」

「有個印象，不知道對不對。」

「妳說吧。」

「埃及人似乎不懂『維修』是什麼，似乎只有蓋建卻沒有維修費用的編列。」

「妳說得太客氣了。全世界百分之九的貨物要經過蘇伊士運河，原油的運送更不用說，我們政府每年有很多稅收，那些錢到哪裡去了？和以色列早有和平協定，養個大軍隊做什麼？嘿，妳知道穆巴拉克住的地方多麼……」

「噓，」我連忙制止，湊上前去，小聲說：「你不要命了！」到底G是埃及人還是我？難道他不懂，在公共場所批評總統是個大禁忌！

一般稱為「資源詛咒」的人口快速增加，是伊斯蘭阿拉伯產油國家的最大內憂，因為這些國家從石油來的財富集中在極少人手中，卻不太分散投資。政府不熱衷創造就業機會，也沒有明顯的製造業，又習慣長年的津貼補助政策，大量的、年輕的人口在社會流竄，一旦到了臨界點，勢必有動亂發生。埃及雖不是主要產油國，卻也出口石油和天然氣。其「治國手段」承襲阿拉伯傳統，偏偏有機會出國深造的國民有一腦子西方的反動思想，受高教育的、願意讀書的人心中總有一股悶雷，將爆未爆。

我們的電腦科技人員極端優秀……

農地越來越小，因為全蓋上了房子……

妳一定不相信，還有因用錯肥料而使得農作物減產的事情！……

……當然可以認養社區。政府不做的，或是做不到的，民間可以自己來，如果政府不阻擋的話……

妳知道埃及曾是羅馬帝國的糧倉嗎？現是是麥子進口最多的國家……

我要領導，要改革……不，不是流血革命……

我不是英雄，也不見得走投無路，必要時我可以離開埃及……

半個多世紀了，埃及的領導人全來自軍方。觀光、農產、建築三項產業也全把持在軍人手中。那是個牢不可破的獲利體系；體系裡的人從一個俱樂部生活到另一個俱樂部。而我看到的是，穿著白長袍、戴著白布帽、提著白油漆在公路旁水泥地上劃著彎扭線條的男人；他們膚色黝黑、身形瘦削，他們身旁的車輛呼嘯。我看到的是，年輕男人坐在一地橘子旁的小椅上，看守一公斤賣不了幾角錢的農作；他的橘子蒙著一層細沙。我看到的是，蒙臉的女人抱著娃兒站在小店前伸手討錢；她的髒鞋太過寬大。我看到的是，車一停便衝過來使勁擦外窗及外車身的小男孩，他收不到零錢不走；還有，他的牙洞應該讓牙醫填起來。G要的改革太多，我只要俱樂部外面的人能爬得過高牆，進得到裡面；我只要俱樂部裡面的人把憲法第二條去除，因為一個國家不能規定哪個宗教的教令是司法的首要來源。這樣的規定令我害怕、讓我焦急；它像極了長在現代人身後的一條尾巴！

說完了，卻沒說累，G仍有勁搶著付款，說是，出錢請客也是種埃及要素。我依他。一轉身，從落地窗下望，尼羅河就在不遠處泛著銀光。天仍不藍，只因太陽微醉？

下午時分，G要去近處的小清真寺祈禱。我們握別。他沒說明如何改革，我沒解釋怎麼去除憲法中的第二條。埃及會走上它自己的一條路。就快了，只是不知道確切的時候。

＊　＊　＊

這是個五十比五十的賭注，可能會遇上，也或許不會。我要去科普特教會的聖誕祈禱會。幾天前在亞歷山大的教會爆炸事件，不一定會在開羅重複，也不一定不會。是誰不允許我在百分之百安全的穆斯林圈子裡窩著，非要去巧遇那百分之五十的不確定？天暗了，便出發。

黑風從來就不肅殺。對面來車的白燈卻照得人有些哀傷。「真的不等我回來才離開埃及？」又是M突然的簡訊，發出同樣的問題，讓我接收在一條可能去赴死的路上。

人不等我，我為什麼等人？不等，連天使也不等！

當然，開羅的夜真好。它的好，就在於不用費心尋找藍天。

開羅事件

「準備好了嗎？」M問。

街旁行人多，街上的大車小車轟過來轟過去。不曉得他是否注意到我忙著左看右瞧又同時點頭。

「現在我們要以開羅方式過街了！」說著，他一把抓住我手臂大步跨過幾乎沒有間隙的車流。

開羅的紅綠燈除了站著和星星對望之外，沒有其他作用。

「妳想去哪家吃？」

「隨便。」

M提了幾家在解放廣場附近的好餐廳，我全去過了。

「怎麼辦？這一帶恐怕妳比我還熟悉！」

「是你邀我出來的，你得想辦法變出一家來！」

面對不同的人當然有不同的對待方式。面對M，我允許自己對他笑著蠻橫。

那是條巷子，不窄，也相當短。從這一頭進入就已經看到那一頭的出口。M領我去一家陌生的餐廳。一坐定，才發覺烟雲在燈光裡飄忽。過了一會兒，烟味逐漸侵入，衣服、頭髮、皮包，全都躲不過。隔壁桌說英文的聲音潮浪似地襲來。侍者給了M阿拉伯文菜單，給了我法文菜單。稀奇！

「我就要potage légume（蔬菜湯）。」

「那是這一整本菜單的第一行。妳根本還沒看就做決定了。」

「這就夠了，其他的都是多餘。」說著，我合起了菜單。M繼續在那些蚯蚓字堆裡找他已經相當遲的晚上糧食。

這家餐廳M找得並不辛苦。旋旋轉轉，門一開，就認定了。燈光暈暗，人聲沸揚，加進已是氣氛吵雜的阿拉伯歌曲彎彎顫顫在食客身旁婉轉曲繞。我的頭漲得突突發痛。這不是個談話的好時候。這是個笑鬧的好地方。

「我不喜歡女人這麼受到騷擾！」

我一邊喝菜湯一邊悠悠慢慢地說。M怔怔地看著我。原來他換了付眼鏡，我現在才發覺。很快地他若有所悟地說：

「那是個新現象。是二〇一一年革命時以及革命後才有的現象，也有些是穆斯林兄弟會的策略。」

這就是和M談話的好處。他總是能精準拿捏我不著邊際突然拐出的想法。

「他們故意侵犯女人而讓民眾覺得政府沒有能力保護，這是一種對付政治敵手的手段，很管用。他們讓女人不敢上街，讓其他人覺得，只有壞女人才去解放廣場。在這些人的家庭中，男人不習慣女人反嘴，不習慣女人在『前面』。具體的做法是，他們動員心裡受挫又有怒氣的年輕人混在人群裡，看到一個、兩個或幾個在一起的女人，把她們層層圍住，然後輪流下手。特別是大型示威活動裡，不但人擠人，彼此說話也不容易聽清楚，在那種情況下，受侵犯的女人不但擠不出人群，連叫喊的聲音也讓人難以分辨……。」

「所以就只能等著被宰？」

「所以女人就不趕出門。所以舊腦筋的人就贏了！」

「贏了什麼？」

「贏了女人不可拋頭露面的主張。」

「天！都已經是二十一世紀了！」

「妳以為『Daesh』[§]佔了大片土地做什麼？」

「貫徹建立伊斯蘭大國的意志，並且能夠以舊時代的伊斯蘭法統治。」

「那就對了。妳我都知道這些人病了！」M指指他的前額。

「不過，現在埃及人清醒了。就拿兩週前發生的事情來說吧。一個女人在百貨公司裡受到騷擾，她大聲叫嚷而引起了注意，警察也來得及把那男人逮了。後來這女人受邀到電視台說明經過，不料女主持人還責怪受害人不應該穿著暴露。」

「不是男人才有這種想法嗎？他們責怪女人不應該故意吸引他們，卻從來不想想怎麼管理好自己那傢伙。根本是強辯、詭辯！現在這女主持人也加入迫害女人的陣營，我完全無法了解！」

§ 編者註：Daesh即是伊斯蘭國ISIS的阿拉伯語發音。

「事實上受害人並沒有穿著不妥當，是那女主持人太笨，認為順道而行可以衝高她往後主持節目的收視率。只可惜啊，她把埃及社會估計錯誤，以為這種老舊思想還流行，結果適得其反。」

「怎麼了？」

「廠商串聯，不再在這女主持人的節目做廣告！」

「所以她被解雇了？」

「當然。」

「Bravo！這才是我認識的、新的埃及社會。」

M開心地笑了。指指桌上一盤白淨淨的「餃子」，要我試試。自從在阿富汗被他們的餃子嚇過之後，我再也不碰從外表看不到內容的吃食。

「有組織的騷擾是要達到既定目標，個人突發的騷擾只是一時逞快也根本無從追究起。」我嘴巴說著，腦海中則出現任何人看過一定忘不了的一幕。那是個穿牛仔褲的女人，被兩名警察在大街上拖行。她的臉被自己衣服蓋住，上身只露出白色胸罩。我無法想像她那時候的感覺；極度羞忿，近乎瘋狂？

「二〇一一年革命的遺續是，人們，特別是女人，對自己有信心了，敢講話了。她們組織各種自助團體，接受個案，幫受害人以法律方式討公道。現在警局裡甚至設置了專門接受有關女人案件的部門，對吧？」

「沒錯。外界看到的是，埃及領導人變換，國會改選，憲法重修。其實最重要的是，埃及人發覺，自己說話竟然有人聽，竟然有人把他們當成一回事了。這種歡喜是前所未有的，只是影響的深遠現在還看不出來。」

M攤開雙手，卻不自覺他是一手拿叉另一手拿刀。新眼鏡後的兩隻大眼睛笑得發亮。

「有人說，革命是美國主導的。」

「可以這麼說。」

「什麼？」我大叫，身體前傾，差點把桌上的瓶裝水推倒。「你就這麼侮辱自己人？這麼看輕自己人？埃及年輕人的追求不需要外人來指揮！」我不高興地說。

M不嚼東西了，他要安撫我。看得出來，他有些不安。

「別急，別急。要把事實和結果分開看。」

「事實是，美國，其實也不只是美國，就說是西歐和紐澳等進步國家的NGO，或從這些國家到埃及來『探險』的人吧，許多年前就陸續把社區網站的巨大傳播功能和民主思想、體制介紹給埃及的年輕一代。革命之前，我們早就有各種不同的社團組織，只是不敢太過公開。這些小團體一旦有清楚的目標和訴求，他們的行動力是誰也擋不住的，所以二〇一一年一月二十五日當天才能有那麼驚人的巨大群眾集結。妳應該也同意，事實本身並不一定導致和事實相關聯的某一種特定結果，因為事實在發展的過程中會有許多不同的，可知或不可知的摻雜；也就是，多年來年輕人成立社團以及所吸收、接受的思想挑戰，並不是演變成革命的必然結果。世界把美國當神啊，能夠極短時間在埃及社會動員上百萬人？」

經過M這麼一解釋，我立刻原諒他了。

「進步國家的非政府組織能成事也能敗事！」

「我正想說說這些人的『壞話』哩，妳竟然先提了。說說看，也許我們的看法相同。」M微笑著鼓勵我。

「他們把自己的文化或思潮介紹到埃及來時並不過濾，也不考慮直接的橫向移植對埃及會造成什麼衝擊。就像逼迫不會騎自行車的人一下子必須騎上摩托車一般。西方數百年的演變，不可能幾年內就在埃及實現。」

「那就對了，我們的看法確實相同。不僅如此，有些人甚至以傲慢的態度指責我們不好學、不長進。」M說。

「可是啊，和民生大有關係的國家安全問題卻沒人提，因為他們沒接觸過，所以不懂。對吧？」

M向我豎起了大拇指！只要他和我的意見相同，我們的結論也許不是鐵律，做為結論應該具有相當程度的說服力。這一點，我深信不移。

「因為這些所謂的西方人權組織以自己的觀點出發，不納入外界實情加以考量。還有，他們的影響力其實只及開羅本身，開羅以南的廣大上埃及地區、西部及西奈根本是另個世界，更不用提伊斯蘭的千年影響了。從另個角度看，他們是分裂埃及的原因之一！」M加以補充。

「也有人說，美國在埃及策動政變。」我腦子裡閃過國際左派的說辭。

「又來了，又是美國！妳知道突尼西亞之後，埃及革命的觸發點是什麼？」

「不就是因為革命半年前，在亞歷山大城的一個年輕人薩依德（Sa'id）被警察打死，才引發的？」

「實情是，二〇一〇春天的某一天，薩依德恰巧和幾個警察在同一網咖裡，不知是藍牙上的什麼裝置讓薩依德可以接收到警局裡慶祝的一段錄影。問題就出在薩依德把這段影片上傳到臉書和youtube！」

我心裡一驚。埃及警察的殘暴與腐敗早已不是新聞，何況從M談話裡的暗示，我立即警覺起來。

「然後呢？快說。影片裡有些什麼？」我催促著。

「那是警察走私毒品並且賺了錢的慶祝會！片子裡，一包包的大麻和一疊疊的現金清楚無比！」

「天！」我輕叫一聲。

「警察局長當然氣瘋了，足足找了兩個月，派出許多包打聽的，薩依德當然逃不了。」

「所以薩依德就極殘忍、極當殘忍地活活被打死！」

「事情鬧大，是因為薩依德慘死的樣子在網路上流傳，激怒了全埃及。還有，好像是他哥哥長住美國，才有辦法動員西方各大媒體報導。」

「那慘狀怎麼上傳到社交媒體的？」

「他哥哥和其他家人去認屍時以手機拍下的。」

「所以『我們都是薩依德』（We are all Khaled Said）的臉書頁面運作了半年，積蓄了極大怒潮，才在突尼西亞事件之後，一發不可收拾！」

M點點頭，繼續說，「我很可以想像，警方巨大的憤怒讓他們做了最愚蠢，也最容易看出他們沒有紀律的事情。他們在咖啡店抓到了薩依德，顧不了旁邊有目擊者就立即重手傷人。」

我正想著薩依德臉部歪曲變形、鼻樑凹陷、下顎脫臼、嘴巴上下大距離撕開、牙齒斷裂、頭髮稀疏、眼睛張開，令人難以卒睹的模樣時，M又說了，「我們的警察沒有好的行為準則，不懂人權。所以革命一開始的訴求是要拉下警察總長，可是得不到回應，忿怒加劇，訴求升高，導致要撤換國會，最後才是要穆巴拉克下台。埃及的革命是偶然中的偶然。八十多歲的老總統在位三十年，根本不知道外界發生了什麼；他低估了年輕人對埃及社會的影響力，更想像不到事情在幾天內就有天翻地覆的變化。他完全措手不及！」

「不對啊，為什麼從薩依德死亡到革命開始，事情拖了半年才發生？」

「事實上，埃及年輕人的集結比突尼西亞的革命和薩依德的冤死早了幾年。原本就有一批年輕人支持二〇〇八年四月六日的工人罷工，這些人把自己的團體稱為『四月六日青年運動』。他們還到塞爾維亞學習怎麼和平抗爭。」

「塞爾維亞？是CANVAS，非暴力行動與策略應用中心（Centre for Applied Nonviolent

Action and Strategies）？」

「沒錯。妳也知道這團體？」M驚訝地問。

「當然！他們輸出或更好說外銷如何和平示威的準則和細節。那些失敗國家的政府恨死這個組織。」

「『四月六日青年運動』派人去學怎麼避開和當局的正面衝突、怎麼不擾亂交通，而且只拿埃及國旗，不拉有其他字眼的布條，免得被政黨利用，而且口號也必須一致。他們推敲出十多種口號，包括『埃及萬歲』或是『噢，突尼西亞人民，革命的太陽永不下山』等等的。」

「可是怎麼偏偏選一月二十五日警察節那天呢？」

「埃及人原本就慶祝這個節日。他們認為，警察也是體制的犧牲者。」

「那是CANVAS說的，犧牲者不攻擊犧牲者。」

「我們的情況和塞爾維亞不同。」

「知道，知道。」

夜涼了。走出餐廳，沒了烟味。因為颳小風，空氣突然清新了起來。也不過幾年前，就在我站立過、行走過的地段與街道，日日夜夜充塞對國家改革寄予殷切期盼的人群。年輕人的嘶吼、遊行、抗爭，帳篷的架起摧折又架起，與警察的對峙，與警察的和睦；對軍隊的態度從信任到懷疑又回復信任；曾經遭受破壞的環境、遭受焚燒的建築，開羅人以凝結的巨大力量，一一清潔修復。上千人的死亡，更多人的受傷，多少的陰謀流傳以及不見天日的羞辱與酷刑，是埃及二十一世紀革命的負面代價。歷史越長，災難越多，經歷也越多，文化也就越加深沉。埃及該是遲暮老人，荏苒時光卻讓這古國歷練成一條定期脫皮的巨蛇，不斷以新的面貌與世人相見，在廣袤的沙漠中忽而快速串行，忽而悠閒獨走。我在黑暗的開羅街頭低頭思索，不知不覺放慢了腳步，也幾乎忘了M的存在。

「現在就去買水。」

「買水？」

「妳住的那旅店裡有可以喝的水嗎？」

M沒徵求我同意，逕自領我到一個小雜貨店，裡面擠滿了物品。當我還看上看下四處找瓶裝水時，他已經不知從哪裡提了兩大瓶，正要掏錢付賬。我走上前去，正要開口……。

「不要和我爭。妳付錢，東西就變貴了。」

我依他。

「我選擇那旅店是因為它的外表讓我聯想起阿斯瓦尼（Aswany）在《亞庫比安大樓》（Yacoubian Building）裡敘述的樓層故事。總要想像也許會碰到突然留起鬍子，變得虔誠卻不得不和女友分道的塔哈（Taha），以及仗勢自己是成衣店老闆，老是動腦筋佔年輕女店員便宜的德素奇（Dessouki）。還有，我真想看看舒瓦（Souad）究竟有多麼性感。大眼睛，肉顫顫的阿拉伯女人不是到處碰得到的。」

「結果呢？」

「當然誰也沒碰到。而且，就像你知道的，那麼便宜的房間裡什麼也沒有。倒是那樓本身讓我好奇。」

「哦，說說看。」

「每層樓應該有一般建築的兩倍高，格局寬敞。我可以確定，當初樓剛蓋好時一定非常雄俊氣派！」

「開羅有許多一百多年前留下來的建築，可惜沒有維修的工作，氣派也就變得頹靡了。」

「不是頹靡，是傷心。我真是等不及要知道在百年歲月裡，這些輝煌的建築裡曾經發生過什麼令人不能捨棄的故事！」

「可怕！不過幾分鐘時間，政治的妳不見了，文學的妳出現了。我看哪，妳越來越不容易相處了。」

我知道M在黑暗裡狡猾地笑著。隨他去。現在的我，滿腦子是那樓又高大又俊美的影像。

「從櫃台到我房間要經過一個長廊。走到盡頭打開門，是一個屋頂非常高的寬敞客廳。裡面卻只有兩張舊沙發和一張長桌。長桌上是一盆粗俗的塑膠假花，還蒙上了一層灰塵。每當我經過，總想，如果牆角擺架烏黑發亮的鋼琴，牆上掛幾幅威廉・戴維斯（William Davis）的油畫，維多利亞時代的彎腳桌上放著銀製茶具、磁盤……」

「妳還是老樣子，永遠有用不完的想像，永遠有做不完的夢。」

「不想像、不做夢，日子怎麼過？」

我冷不防從M手裡抓過了裝水瓶的塑膠袋，分配一瓶一點五公升的水給他，一瓶給自己。M看著我，笑了笑，搖搖頭，也就依我了。

「講個故事給我聽聽吧。」

車少了。安靜些。我們提著水瓶散步。

「妳的故事多，妳講吧。」我想了想，說，「那麼把我們都放進故事裡。同意？」

「同意。」

「革命時你在哪裡？」

「這怎麼是故事？效應都還正在出現呀？」M笑著說。

「故去的事情當然是故事。」我強辯。

「行，行，現在就把我們放進故事裡吧。」

M當然掰不過我。我喜歡這種小小的勝利。

「那時各國在開羅的使館都準備撤僑了，國際機場大亂。我在都柏林出差根本回不來。妳呢？妳在哪裡？」

「在摩洛哥。」

「所以妳在事情發生之前就已經離開開羅？」

「大概是我離開十天後才開始。事情演變得嚴重時，我已去了摩洛哥。」

「我們都在故事之外啊！」

M順著話張開兩手，水瓶子差點打到我，他卻沒察覺。

「就是因為在故事之外才需要把我們放進故事裡。而且，說真的，我們雖不在現場，卻沒有一天離開事件主軸。不是嗎？」

M重重地點頭。我們繞到歌德學院來了。從欄杆向裡望，院子一片漆黑。

「後來吵了幾個月，把穆巴拉克和他的兒子們關進籠子裡，也好不容易選了個穆爾西§出來，卻又來了第二個革命。全世界都看翻了眼睛。」

「不是第二個革命，是革命的第二波。」M更正我。

「不是以『民主』方式選出穆爾西的嗎？怎麼又不對了？」

「因為穆爾西的作風違背年輕人革命的目標。他在重要職位上安插自己人，也企圖修憲延長自己的任期。」

「我知道的是，二〇一二年時，埃及人只有兩個選擇，一個是穆爾西，另一個是穆巴拉克的時期的沙非克。一個保守、激進，另一個是舊政府的殘餘，該怎麼選？該選誰？那時我急，可是急也沒用啊。」

「穆斯林兄弟會在鄉間掌握了慈善、教育、醫療等體系。他們讓貧窮、樸實、簡單的鄉下

§ 編者註：穆罕穆德・穆爾西（Mohamed Morsi, 1951-），埃及前總統。是埃及阿拉伯之春革命事件後，二〇一二年首任的民選總統。由於他在各方面不當的政策，導致自由派人士聯合軍方發動政變而下台。當時協助政變的即是埃及的現任總統西西。

人覺得自己代表伊斯蘭，其他的都是無神論。兄弟會已有八十多年歷史，組織有如國中國，在底層勢力極大，所以一旦動員，穆爾西必定當選。在穆爾西執政一年時間裡，激進的穆斯林發動要搗毀吉薩的獅身人面像，因為根據他們的說法，那是偶像崇拜，穆爾西並不出面指責。他欽點的文化部長禁止芭蕾舞，因為這種舞讓男人女人身體接觸。文化部裡著名的作家、藝術家全遭解顧，而由一批不夠資格的人代替。民營電視台裡批評他的節目受到停播的威脅。抗議的人被抓、被打，而且是由兄弟會的人下手，警察根本動不了兄弟會。由於國會成員是違憲選出的，最後只能解散，而導致許多法案不能審理，事務癱瘓。不但失業率增加，觀光客人數也大幅下降。人們掙扎著要麵包、要石油、要電力。二〇一一年的革命目標是爭取麵包、自由與正義。兩年後，這些訴求不但沒得到起碼的滿足，反而更糟。最後讓人無法忍受的是，穆爾西指派十個總督，其中七個是兄弟會的成員，一個是一九九七年路克索神殿（Luxor）攻擊觀光客激進派的一份子……」

「這事我記得很清楚，當時受害最嚴重的是瑞士觀光客。他們的屍體運抵蘇黎世時，六十多個棺木一字排開，震驚全國！」我插了話。

「那就對了。就是那一次的恐怖攻擊行動。所以，埃及人不願坐以待斃，只好又走上街頭，發動了塔瑪羅德（Tamarod），也就是反抗。這第二波革命的規模更是驚人，據說有幾千萬人上街，從南到北，塞滿整個埃及的大街小巷。一般情況，如果領導人激起這麼嚴重的民怨必定是引咎辭職，對吧？」

我點點頭。

「我們穆爾西的反應妳絕對猜不到。」M停了停才說，「他要放火把埃及燒了！」

「哇，天才，真天才！」

「還有，那些激進的甚至把人從屋頂丟下摔死，民眾才到國防部請求軍人保護。」

「這是最引起國際反感的，他們認為穆爾西下台是軍事政變。」

「大誤會！埃及軍人在社會享有崇高地位，在法老王時代就已經是這種情形，是埃及的傳統。軍人受敬重，因為他們守紀律、愛國家。如果問埃及的小男孩有什麼志向，他們往往說希望當軍人、當將軍。」

「還好你們只有政府軍，如果埃及也有其他武裝勢力，一定演變成內戰！」我慶幸地說。

「兄弟會當然要反抗。他們把關在牢裡的恐怖份子放出，送他們去西奈武裝受訓，還唆使迦薩的哈瑪斯向以色列投擲火箭彈，以便向世界顯示，只有穆爾西才能調停以色列和哈瑪斯的糾紛。他們攻擊警察局，燒毀教堂，甚至宣告，大天使加百列向他們顯靈，只有還原穆爾西的總統職位，混亂才能停止。還有，他們透過兄弟會在國外的聯結，打算引進外國的干預。」

「那當然不行，否則就要像現在的敘利亞，亂七八糟，沒完沒了！只是，每個大動作總免不了要流血、要人命。二〇一三年六月三十日的第二波革命也不例外。現在的西西雖然辭了軍方職務才參選總統，西方卻仍以懷疑的眼光看他。」

「我可以理解，但是不同意。發達國家是文人政府，這個特質並不適用目前的埃及。我們是剛結束獨裁的國家，內部有兄弟會、沙拉非等比較保守激進的組織，外部有恐怖份子的威脅，如果沒有穩定的框架支撐而變成另一個敘利亞，就難以收拾了。這種局面，不是妳願意看到的吧？」

「不要說這種不吉利的話！我知道，動亂時，到底是人民請出軍方，還是軍方主動干政，有不同的謠傳。西方只要看到軍人出現在大街上，就嚇得說三道四，以他們的標準評斷埃及。特別是西西政權，一次同時宣判兄弟會幾百個成員死刑，全世界罵翻了！」

「宣判後是否真的執行，是否改判，是否減刑，這些都必須持續追蹤。妳知道許多媒體彼此抄襲吧？」

「當然。不只抄襲，許多消息還是埃及人自己在還沒求證之前就已經散播出去。那麼多的部落格寫手，只憑個人經驗，隨便一人一句，就可以抹黑政府的形象。不單是你的國家，任何政府都沒有能力每天澄清這些不經過查證的網路消息。某些事情，以前是『出賣』，現在叫『言論自由』。而這類的『自由』透過社交媒體，越傳離事實越遠。而且，這種情況就像剛剛吃飯時提到的，必定有其他發達國家的非政府組織成員參與。對吧？」

「同意妳！」

「好了，話再轉回來。埃及目前的狀況，也許可以參考中華民國剛成立時的做法。」

「一百年前的事？」M顯得有些驚訝。

「孫逸仙，你知道吧？」

「嗯，說說看。」

「他的建國大綱裡提到，從君主過渡到民主需要三個階段，也就是軍政、訓政、憲政。每一階段大約需要一個世代的時間。埃及目前正在第一階段，有內憂有外患，西西的工作不簡單！第二階段要教育民眾，什麼是民主……」

「對，妳說得真對！」M等不及地說，「現在的開羅，幾個人在一起就成立一個政黨。人人都會講一大套的『建國大綱』，卻沒人下鄉去。」

「清談？」

「沒錯，就清談！這些所謂的自由派、民主派，誰也不讓誰，誰也不聽誰，力量當然就分散掉了。」

「可惜呀可惜。」我感嘆。

「光可惜也還沒觸到問題的邊。妳相不相信，現在埃及鄉下還有人知法犯法地對女孩行割禮，對她們的生殖器下手，而這些自由派根本懶得下鄉去面對，去處理。」

M的聲音明顯提高了些。他在黑暗裡生氣。

「我還知道伊斯蘭保守派在鄉下動員人情選舉國會議員。」

「埃及在妳面前真是無法遁形，擦再多粉也遮不了醜了。好，我會讀讀中華民國的建國史。」

「還有強那森。」

「強那森？那是誰？」

「就是《天地一沙鷗》裡的那隻笨鳥。牠特立獨行，超越海鷗所能到達的高度，卻又願意回頭教其他海鷗們怎麼超越……」

我不自覺地抬頭仰望。漆黑的開羅天空當然沒有我從小就喜歡的強那森，而最美的星星也只有在約旦佩特拉的夜空中才看得到。我全身疲累，腦子卻是異常清醒。少下來的車輛把夜妝點得更加深沉。我雙腳走得極慢，思緒仍然不斷奔騰。中國革命是推翻腐敗帝制，埃及的，或更好說，阿拉伯的革命除了推翻腐敗之外，卻仍受制於宗教。中國不需要有政教分離的艱苦歷程，阿拉伯國家卻必須先做到政教分離才能大步前進。沒有政教分離，也就是沒有政治社會的全方位改革，一切都免談。孫逸仙的革命有建國方略、三民主義做為發展的方向，阿拉伯革命是突發的、草根的，推翻舊政權之後沒有清楚的領導人。中國革命之後的軍閥割據、對日抗戰，正如同埃及、突尼西亞甚至是敘利亞目前必須面對的激進伊斯蘭所引發的大紊亂。埃及的種種比起當年辛亥革命後的中國複雜太多，總統西西清剿穆斯林兄弟會，「白色恐怖」手法正是雷厲風行。這個國家還要多少年的時間才能脫胎換骨？埃及的一切，我還必須等待。

「就連風都要成為一只小車／讓蝴蝶們拉著／我記得瘋狂／第一次倚靠在心靈的枕上／……」「愛情與夢想是一對括弧／在它們之間我放下我的身體／並且發現了世界／許多次／我看到風以兩隻草腳飛著／那路以空氣做的腳跳舞……」

「我仍然跟著那孩兒／他還在我裡面走著／現在他站在光做的階梯上／尋找可以休息的角落／再次讀著夜的容顏……」

我不過一時興起，開了個頭，沒料到M竟然接得順暢。阿度尼斯（Adunis）是敘利亞大詩人，阿拉伯文學界繞不過他。M和我各自提著一大瓶水，在吹著小風的開羅夜街上，慢慢咀嚼阿度尼斯的「慶祝童年」……

＊　＊　＊

「穆沙，穆沙，你瘋了！怎麼把兩個後照鏡都向裡折了！」

一早上車我還矇矓，突然看到車外兩個不正常的鏡子，坐在穆沙身旁的我嚇得大叫。他卻幽幽慢慢地說：

「我從來就不需要那兩個鏡子。看了，怎麼開車？折起來，才不會碰到旁邊的車，懂吧。」

這是什麼歪理！原來穆沙只使用駕駛盤右上方的鏡子，而且還必須不時扶正，因為那鏡子太鬆，老是斜一邊。

如果德國開發得已經相當成功的自動駕駛車能在開羅街上做實驗，必定有不同的發現和收獲。這是我坐在穆沙車上的心得。自動車可在某一距離內感應周邊狀況，並且在駕駛人發覺之前就已經避開衝撞或磨擦。在開羅駕車，周邊永遠有狀況，只是自動車恐怕感應不到，因為車輛之間的距離太近而不會在感應作用範圍內吧。

「只有百分之十四的開羅人口開車就已經這麼擠！」我絕望地說。

「這城市還在發展，情形會越來越糟。以前和朋友們聚會，多繞幾圈就可以找到停車位，現在，沒辦法了。開羅已經是個不能整頓的城市。」

「所以你們的新總統西西才要開發一個全新的首都？」

穆沙沒答話。他正專心開車。穆沙的Volvo不怕撞不怕刮，二十五歲的年紀，除了仍然跑得好之外，其他的，唉，真是令人沮喪。有次他停下加油，順便一手拿一杯咖啡地走回來，並且示意我打開座位前的小置物箱。我手一扭，蓋子開了。蓋子內部有兩個可以放杯的圓凹，蓋子外部的凸蓋卻咔一聲，掉了下來。

「是聯合大公國出資，我們自己不給錢……」

穆沙突然出聲了，那是因為他已經擠出了車叢，輕鬆了些。

「前陣子西西在沙姆舍克（Sharm el Sheikh）的五星飯店開了個招商會。結果呢？」我好奇地問。

「我們這些小老百姓怎麼知道？說是埃及自己不出錢，真是天曉得。有人算了算，等到大公國開發好了，以貴上幾倍的價錢回賣給埃及的企業，埃及接不接受？這不就成了我們提供土地給外人，讓外人賺，垃圾和汙染卻留在埃及，根本不划算。」

「這些都必須事先協商，簽合同之前都必須考慮好。」

說完，我自覺講了廢話。

記得那天要去阿拉伯世界最大的精神疾病與戒毒療養院時，經過「新開羅」，再過去才是埃及的世紀大工程。新首都的預定地距離開羅以東四十五公里的大漠上，將開發出七百平方公里的土地，打算以二十五個區容納五百萬人，有個比紐約中央公園大兩倍的綠地，一個科技園區，六百多家醫院診所，兩千多所學校，一千多座清真寺，一個比迪斯奈大四倍的主題遊樂園……。而我們所經過的「新開羅」是硬在一片無際的黃白沙土上，從空無裡變幻出來的新城市。路開出了，鋪上柏油，房子蓋起來了，通上水電。一幢幢簇新的豪華西式建築矗立在平整道路兩旁。蓋了一半的，很多；才剛開始挖地基的，也不少。綿延數十公里，左穿右轉，全是建築工地。放眼遠眺，是一處處堆得小山高的白沙與大件機具工車。挖土機、運沙大卡車、水泥攪拌機……散落在工地四處。想要經驗如何迷失在沙漠中的工地裡，「新開羅」無疑是最好的實驗場。正當我想，誰會有住在沙漠皇宮的意願時，突然路旁駛出一部嶄新的白色跑車；掌方向盤的是個戴大型墨鏡，頭包白沙巾的女子。我的疑問頓時有了鮮明的答案。

「這中間必定有許多利益糾葛。不過，這事也輪不到我操心。對於搬遷首都，有些人興奮，有些人觀望。妳了解這種情形。」

我點點頭。

「談到做生意，我真是怕。」

「為什麼？」

……

我正等著穆沙接腔，他卻一下子沉靜下來，不急躁了。車子在沙丘陣裡迴旋，四周寂靜得讓人焦慮。過了好一陣子穆沙才又開口。

「我講個故事給妳聽？」

我點點頭。

「我原本唸電腦工程。畢業不久後認識了莫娜。莫娜不是那種第一眼就讓人吃驚的女人，而是越看越美，相處越久越覺得她美。我們戀愛了，那種愛，除了她或我本人，任何人都沒法體會。我們彼此愛得太深了。她簡直是我的靈魂。有好幾次，我們的思想、感覺在同一地點同時發出。比如，我正覺得肚子餓，她會突然提議去吃東西；或者，我想打電話給某一個人，她正巧就要把那人的電話號碼給我等等，太多的巧合，我們自己都不能解釋。我們住在一起六年，同開一家公司，同買一個公寓，分享共用有形無形的一切。有時她開車，有時我做飯。她是我，我是她。我們彼此分不出誰是誰了。可是，可是……」

「說下去，我聽著。」

我故做鎮定，以平緩的聲調說著。我發覺，穆沙突然不一樣了。我偷偷瞄他。穆沙似乎，他似乎很傷心？他的喉節上上下下移動了幾下。我心裡想，如果穆沙這麼個又粗又大的漢子，開車在迷魂陣般的大街上掉下淚來，我該怎麼辦？

「有次她去坦桑尼亞出差，回來後經歷一場大車禍，她就永遠地離開了。」穆沙頓了頓。我停了好陣子，才說：「然後呢？」

「然後，我就像換了一個人。我的靈魂跟著莫娜走了。我關掉公司，賣掉公寓。莫娜一走，任何事情都不再有意義。我把所有東西無償出讓。許多人來搬這搬那，我視若無睹，隨便他們做什麼、拿什麼，我完全沒有感覺，就好像和莫娜一起死去一樣。然後我開始恨神！我恨他為什麼給我莫娜又帶走她！我恨他為什麼給我最好的又收回去！我問他為什麼嫉妒我！我和他爭，和他吵。我詛咒他，我要殺了他。我不再承認他。我遠離他。」

「再來呢？」

「可是我鬥不過他！真的鬥不過他！十年二十年三十年下來，我才知道神對我是多麼重要！」

「可是你仍然不碰生意？」

「絕對不碰。如果莫娜不是因為生意出差太累，回來後就不會出車禍！」

我們來到另一個新市鎮。車外是一連串的喇叭聲，汽油味。行人匆匆，車流如河。車內是穆沙的愛情悲劇，需要沉靜的心去體會與安撫。只是在現實世界裡，體會與安撫竟然是無上的奢侈。

突然一聲穆沙手機上的吵歌，搗混了這個光怪的世界。穆沙說話向來又大聲又急促，我常以為他和人吵架了。在停車場，在飯館裡，他和任何人都有話說。他的交友範圍也確實上自王公貴族，下至販夫走卒。他認識的開羅人一定比市長的還多。

「嘿，妳知道剛剛半島電視台（al Jazeera）的人問了什麼？」

半島？從卡達來的電話？在穆沙開車的時候做訪談？現在我必須轉換情緒了。這是個不掌方向盤的乘客被車流及無秩序嚇得只顧得緊閉眼睛的交通時段啊！這些阿拉伯人確實神奇！我要以小見大、以偏概全嗎？好！從這件事及許多生活上的小細節可以推測出，為什麼阿拉伯國家（當然不只阿拉伯國家）有滿天的謠言和充斥到處的陰謀論，因為他們不夠確切，他們沒有坐下來把一件事情討論透徹的習慣。

「『半島』的記者說了什麼？」

「他問，四個海灣國家，每個國家四百人，每天一千六百人到沙姆舍克，對埃及的觀光好不好啊？夠不夠啊？妳看，這白痴，他不是不知道埃及每年有多少觀光客，就是故意羞辱我們。」

「你怎麼回話？」

「我說，當然歡迎。海灣國家的人來到埃及的沙姆舍克，不但流連忘返，更希望在這裡蓋阿拉伯王宮，常常來渡假。這對他們、對我們都非常好，不是嗎？」

「他會這麼問，是因為俄國客機在西奈掉下來以後，埃及的觀光業受創的關係？」

「對啊。掉飛機不過才一個星期，謠言就已經像蜂群一樣地飛。還有，這傢伙到底要什麼？表示他們有錢？表示他們對埃及的慷慨？」

「我讀過的報導是，機場為了省電，把掃描機關了，所以才沒偵測出帶上飛機的炸彈。」

「什麼？妳說什麼？關掃描機？那一定是穆斯林兄弟會造的謠！一定是他們！只有他們才會說出這麼可笑，這麼惡毒的話！」穆沙斬釘截鐵地說。他氣壞了！

「我不懂，埃及的觀光業垮了，對兄弟會有什麼好處？他們不也是埃及人？」

「這些人有另一套想法。他們認為，把受西方影響的一切去除以後，大家就會回到以前的伊斯蘭世界，方便他們掌控。」

這是穆沙的看法，我不知道真實性如何，可信度多高。只是，像他這麼一個每週至少上一次電視批評時政的人，必定有一定數量的基礎觀眾，因為電視台不可能平白給他時段。

「好了。到了。」

「到了哪裡？」我看看四周。這是類似下交流道之後的公路邊。除了已經有的三部車，穆沙是第四個停在這裡的人。

「搶停。有洞就鑽。下車後走一小段就到。」

我能不聽他的？

「昨晚睡覺前就決定，今天一定要帶妳來這地方。」

「什麼地方？」

「看了就知道，而且妳一定會喜歡。」

穆沙邊走邊抽烟。我跟著他大步快走。取出墨鏡戴上。陽光刺眼。

「哇，看這些人！」我驚訝地加快腳步走近。那是長長的一列迎親隊伍。幾個年輕女子穿著鮮艷單一色彩的長袍，包黑頭巾，頭上頂著不太大的寬扁圓筒，圓筒上罩著紅絲巾。男人身上的長袍和頭上的圓帽是同色的象牙白。駱駝背上有多彩的織布，牠們馱著一個「轎」，更好說，是個「小房間」，房間裡坐著一個身穿白衣，頭上輕裹著白紗巾的新娘。房間的木牆是伊斯蘭棕黑色典型繁複圖案裝飾。原來我來到了蠟像館，以真人尺寸的蠟像及真實道具呈現埃及舊時生活的各種面向。做陶器的小工廠、市場上賣籃子的人、占卜和刺青的生意、坐在長凳上背頌《古蘭經》的人，更有在公共餐室討論生意的男子及賣唱人……令我不解的是，幾個穿黑袍，頭臉均由黑布罩住的女人，代表哪一時代，什麼地區的衣著？而由木棍支撐，黑布搭罩，低矮得似乎只能讓孩子爬進爬出的小篷子究竟做什麼用？轉身要穆沙解釋，他卻突然不見蹤影。蠟像做得好極了，呈現得也夠清楚，卻是沒有一字一句的說明。正心生納悶，遠遠進來一批小學生。也許這館只給埃及自己人參觀？即便如此，多個說明牌又有多少麻煩呢？

* * *

「這是解放廣場？」

「當然！」

「你確定？」

「到底妳是開羅人，還是我？」穆沙瞪大眼睛問。

「可是，可是，完全變了樣了。我完全不認得了！」

「革命後整個拆建拓寬，妳當然認不出了。」

我站在一家旅館六樓的陽台上下望，原來雜亂無序又有擁擠車輛的圓環區域，現在卻成了寬廣的，環繞一座平台的四線車道。唯一還能認出的是右邊不遠處的國立埃及博物館。數年前，就在我腳下這片土地上，暴發了震驚世界的埃及革命。上百萬人聚集在以廣場為中心的各個街道。人們放下工作，走出家庭，不分穆斯林或科普特，他們討正義、爭自由，向三十年的獨裁大聲說「夠了」！自此，埃及人經歷劇烈翻轉。他們懂得了什麼叫不再害怕。他們讓自己竟然只靠群眾共聚力量，就能撼動原本固若磐石的獨裁政權而驚嚇不已！革命兩年後的第二波爭鬥反抗，聚積的民眾數量更是驚人，他們快速修正自己的選擇，向民選總統穆爾西大聲說「你不配」！現在的埃及終於安靜下來了。政府也明白，違背自由與正義的民意需求，必定導致政權終結。

「抱歉，抱歉，來晚了。」

走廊上響起一陣清脆的高跟鞋聲。我和穆沙從陽台同時轉身，看到法姿雅正快速走來。她和我親愛地吻頰。幾年不見，她仍是那麼細緻而有風韻。女人喜歡的項鍊、戒指、耳飾、胸針等等，她樣樣不缺，而且成套配對，不但適合她自己，也照顧了和她見面人的感覺。這就是法姿雅聰慧的地方。只是她現在顯得有些疲累，應該是剛下飛機，又要從機場擠車到市中心的關係。

「怎麼樣？現在可以鬆口氣了吧？」

「唉，怎麼說呢？沒選上，遺憾，選上了，工作正要開始。」

「妳戰鬥意志高昂。武器有了，立刻可以上戰場！」

「沙姆舍克的情形真是慘！」法姿雅苦笑著說。

我們同時拉開椅子坐下，也各自點了一杯茶。

「俄國把兩萬多個觀光客接回去，英國也警告國民不要到埃及來。餐廳、海灘、市集幾乎空了。這季節是歐洲冷，埃及溫暖的時候……」

法姿雅剛當選國會議員就碰上了俄國民航機在西奈半島墜毀事件。她為此特地去了趟事發地。沙姆舍克位於西奈最南端，是世界知名的渡假城。有著北非情調的旅館、美麗的海灘、精緻的食物，多少國家的觀光客去了再去，是埃及國庫一個重要收入來源。革命之後，觀光客卻少了三分之一。北西奈不時有恐怖攻擊，幾個月前西埃及有警察誤殺觀光客事件，現在南西奈又摔飛機，至少三百萬靠觀光業維生的人口正苦撐著家計。

「妳有什麼看法嗎？」

法姿雅啜了口茶，睜著兩隻大眼睛看著我。

「先從觀光客的心理出發。人們有閒有錢了才想到娛樂，而且必須好玩又安全。可是娛樂不是生活必需品，能有最好，沒有了，生活還是繼續下去。如果在娛樂時生命遭到威脅，娛樂就立即失去價值。再從國家的角度出發，除了內戰，任何國家都有保護自己國民的義務，所以每個國家的外交部會告知自己國民其他國家的狀況，讓國民自己決定是否前往。這回普丁派專機接回俄國人當然是特例，也值得同情和了解，畢竟兩百多個無辜的生命在瞬間化為烏有，是任何政府領導人都不能接受的。現在埃及要做的是，一方面加強打擊恐怖份子，我知道，這是另一個大議題；另方面要讓世界了解埃及的實情。這就必須透過定期邀請各國記者和駐埃及大使館人員參加說明會，並讓他們提出建議。我相信你們已經這麼做了，應該可以更加強。雖然這些都是官方的，而且效果有限。不過，我看到現在埃及有個大好機會！」

「怎麼說？」

看得出來，法姿雅急切地想要知道我這個外人的看法。

「你們應該告訴西方國家，你們和他們同樣受到恐怖攻擊，雙方其實是在同一條船上。還有，由於特殊的歷史背景，埃及是個不東不西，也東也西的國家，在語言上佔有極大優勢，可以將阿拉伯文情報譯成英、法文，然後往地中海北邊送。同樣地，你們也許已經這麼做了，總是還可以更加強。另外，最致命的是，他們認為埃及是軍事獨裁。這一點，你們一定要解釋清楚。」

「我們想要發起一個『敲門運動』，就是組織遊說團到各國去。」

「不就和我的想法一樣嗎？」我興奮地說。「西方國家目前沒有戰爭，有三大點他們必須明白。第一，埃及剛從獨裁過渡到民主。第二，埃及人敬重軍人。第三，埃及正面臨恐怖份子的威脅。除了最後一點，西方國家不會考慮前兩項。你們的『敲門運動』無論如何要強調清楚這三點。更何況，埃及並不是他們所想像的，由軍人執政。讓他們把軍人執政的特徵和定義講明白。剛說的，是對外工作。對內，政府必須和那些有影響力的部落格寫手對話，不把他們看成是敵人。如果他們錯，政府對，他們必須向讀者交代清楚；如果是相反，就要看你們國會議員的工作了。這事當然不容易，可是埃及沒有別的選擇。當然對錯的標準又是個議題。」

「嘿，妳說偏了！不是要談觀光嗎？怎麼變成了情報提供、部落格寫手了？」

穆沙在一旁提醒我。

「啊，對不起，離題了。我應該轉回來，轉回來。」

法姿雅笑了笑說，「也不一定要觀光業。妳看，我們不也有某些共識嗎？」

「至於觀光業。我的想法是，不要只靠金字塔和古代建築賺錢。埃及有那麼悠長的歷史，隨便撿起一個文物、一小段歷史加以包裝，就很好賣錢。拿克莉歐佩特拉做例子吧。埃及可向全世界宣佈某一年是『克莉歐佩特拉年』，訂出一個主題，比如『如果克莉歐佩特拉生活在二十一世紀，她會選擇什麼樣的鞋子？』，讓你們的年輕人發揮創意，舉辦在這一主題下設計觀光活動的比賽，並且以觀光局的資源讓冠軍的設計活動在全埃及或開羅以外的城市展開。這麼一來，不但鼓勵了年輕人，埃及每年或每幾年都會有觀光的新點子出現……」

我常想，埃及人是否把太多心思放在觀光業上。他們還有石化、製藥、水泥、鋼鐵、農作、紡織等等產業。也許是從事觀光業人口太過集中的緣故吧。在國立電視台Nile TV的一個現場播出節目中，兩位女主持人就要我談談對觀光業的建議。在沒有事先讓人準備的情況下，我靈機一動，就以聖家在埃及的生活為例。世人知道耶穌在哪裡出生，在哪裡工作，在哪裡被釘十字架，卻極少人知道，他在襁褓時期和若瑟、瑪利亞逃亡到埃及時，去了哪些地方，度過了什麼樣的生活。訪談時，我當然極小心，不提「以色列」，只以「你們的鄰居國家」代替。在埃及並不缺乏還沒見過猶太人就已經仇恨以色列的人。

埃及已經規劃出的朝聖路線缺乏冒險性，所以顯得單調而死寂。誰願意在酷暑裡去看一座座修葺過或只是部分修葺的小教堂？即使有設備較好的大修院，誰願意一來再來？讓埃及年輕人為自己的以及外來的年輕觀光客設計屬於年輕人的活動，他們也必定有能力構想出如何吸引基督徒甚至非基督徒到一個伊斯蘭國家，感受兩千多年前聖家在當時還不是伊斯蘭的埃及如何生活。

法姿雅正在招商。她希望能讓海灣國家王室的女人到埃及投資化妝品業。這確實是個好點子。以她科普特教徒的身份，做起事情不會像穆斯林女人那般綁手綁腳。可是海灣的女穆斯林呢？也許兩年後我才問，事情進展得如何？

* * *

從大劇院正門出來直走到橋中心不過五分鐘路程。車燈、船燈、路燈，燈燈迷濛。人聲吵雜。和陌生的全家出遊者或手牽手的年輕情侶一起，我站在車輛轟隆的大橋上看著遠處尼羅河上渙散出多彩光芒的觀光船；一艘接著一艘。耍帥、嬉鬧、尖叫，包頭巾的女孩和穿牛仔褲的男孩是這夜的主角。我滿腦子是電影裡那個窮困年輕人對心儀女孩表達愛意的方式。男孩行搶偷竊，住在貧民窟裡，母親肥胖無事，逼自己的女兒為娼。男孩在女孩所住靠海邊公寓外面等候。即便他知道穆斯林女孩不可能私自和男孩約會，他仍舊日夜地等。在行人道上進食，在垃圾桶邊安眠。其他的時間，他只是望著女孩公寓的空洞陽台。等候是他生活的重心。一天，他以搶劫來的錢買了許多烟火到公寓前點燃。巨大的火焰衝上夜空，爆化成美麗無比的煙火。他自己擎著燃燒著的火炬，一面大喊「啊，啊」，一面在空曠的路上繞著圈跑。煙火是他讚頌女孩美麗的代言，繞圈跑標示他在原地的無盡等待，而「啊，啊」的無言聲，其實是對女孩朝思暮想的呼喚。這是開羅電影節裡，阿爾及利亞一部參賽片子的內容。故事那麼簡單，事件那麼貧乏，效果卻是那麼驚人！戲劇，永遠是人類在困頓時的安慰。

夜。氣候多麼乾爽宜人。我獨自走在開羅的大街上，思索著這個有著太多忙於博愛慈善的民間組織的國家，也許忽略了把科學與民主帶入平民鄉間才是真正的迫切。解放廣場中央平台高桿上的埃及國旗飄揚。最新憲法仍以伊斯蘭法做為所有法令的來源基礎，卻也寫明要延續「一月二十五日——六月三十日」革命的精神，也就是要堅守自由，維護人性尊嚴與社會正義。如果伊斯蘭激進派不掌大局，這一精神應該可以長存。二十一世紀第二個十年開啟的阿拉伯之春革命序幕中，由突尼西亞發出第一聲槍響，埃及跟進。到目前為止，這兩個國家似乎是成功的，因為他們的獨裁者願意讓位，因為他們經年累積的大量怨懟得以抒發，因為他們的武裝勢力和人民站在一起；只是，通往民主、正義的道路仍然幽暗崎嶇。

櫥窗裡燈光通明。塑膠男模特兒身上的西服筆挺。白襯衫上的領帶卻是左擺右翹，又是捲曲又是蛇行；有粉紅、有鮮紫，也有黑白的斜線條。這就是開羅，有它的嚴肅，也有它的俏皮。我駐足觀看良久，感到趣味無窮，卻不知道，那一刻正是巴黎慘遭恐怖屠殺的時候……

釀文學205　PG1605

焦慮的開羅：

一個瑞士臺灣人眼中的埃及革命

作　　者　顏敏如
責任編輯　洪仕翰
圖文排版　周妤靜
封面設計　蔡瑋筠

出版策劃　釀出版
製作發行　秀威資訊科技股份有限公司
114 台北市內湖區瑞光路76巷65號1樓
電話：+886-2-2796-3638　傳真：+886-2-2796-1377
服務信箱：service@showwe.com.tw
http://www.showwe.com.tw
郵政劃撥　19563868　戶名：秀威資訊科技股份有限公司
展售門市　國家書店【松江門市】
104 台北市中山區松江路209號1樓
電話：+886-2-2518-0207　傳真：+886-2-2518-0778
網路訂購　秀威網路書店：http://www.bodbooks.com.tw
國家網路書店：http://www.govbooks.com.tw
法律顧問　毛國樑　律師
總 經 銷　聯合發行股份有限公司
231新北市新店區寶橋路235巷6弄6號4F
電話：+886-2-2917-8022　傳真：+886-2-2915-6275

出版日期　2016年10月　BOD一版
定　　價　260元

Printed in Taiwan

國家圖書館出版品預行編目

焦慮的開羅：一個瑞士臺灣人眼中的埃及革命 /
顏敏如著. -- 一版. -- 臺北市：釀出版, 2016.10
面；　公分. -- (釀文學；205)
BOD
ISBN 978-986-445-143-2(平裝)

857.7　　105014190

讀者回函卡

感謝您購買本書，為提升服務品質，請填妥以下資料，將讀者回函卡直接寄回或傳真本公司，收到您的寶貴意見後，我們會收藏記錄及檢討，謝謝！如您需要了解本公司最新出版書目、購書優惠或企劃活動，歡迎您上網查詢或下載相關資料：http:// www.showwe.com.tw

您購買的書名：______________________________

出生日期：________年________月________日

學歷：□高中（含）以下　□大專　□研究所（含）以上

職業：□製造業　□金融業　□資訊業　□軍警　□傳播業　□自由業

□服務業　□公務員　□教職　□學生　□家管　□其它____

購書地點：□網路書店　□實體書店　□書展　□郵購　□贈閱　□其他

您從何得知本書的消息？

□網路書店　□實體書店　□網路搜尋　□電子報　□書訊　□雜誌

□傳播媒體　□親友推薦　□網站推薦　□部落格　□其他________

您對本書的評價：（請填代號　1.非常滿意　2.滿意　3.尚可　4.再改進）

封面設計____　版面編排____　內容____　文／譯筆____　價格____

讀完書後您覺得：

□很有收穫　□有收穫　□收穫不多　□沒收穫

對我們的建議：______________________________

請貼
郵票

11466
台北市內湖區瑞光路 76 巷 65 號 1 樓
秀威資訊科技股份有限公司 收
BOD 數位出版事業部

（請沿線對折寄回，謝謝！）

姓　　名：＿＿＿＿＿＿＿＿　年齡：＿＿＿＿　性別：□女　□男

郵遞區號：□□□□□

地　　址：＿＿＿＿＿＿＿＿＿＿＿＿＿＿＿＿＿＿＿＿

聯絡電話：(日)＿＿＿＿＿＿＿＿＿＿(夜)＿＿＿＿＿＿＿＿＿＿

E-mail：＿＿＿＿＿＿＿＿＿＿＿＿＿＿＿＿＿＿＿＿

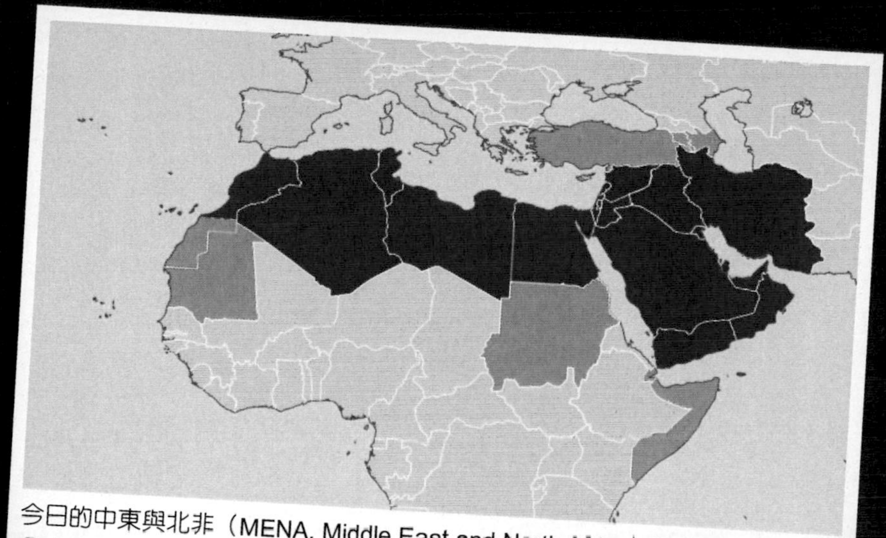

今日的中東與北非（MENA, Middle East and North Africa）區域圖，圖中深藍色表示英語世界公認的中東北非國家，淺藍色則是偶爾會被人認為是中東北非國家。（圖片來源／DanPMK）

أسلحة الثوار في الألفية الثالثة !
SMS

社群網站的興起，將會如何改變未來的各種社會運動與革命呢？圖片原名為「第三個千禧年革命所用的武器The Weapon of the Uprising in the Third Millennium」。（圖片來源／MEMRI）

垃圾城一景。（攝影者／Diego Delso, Wikimedia Commons, CC-BY-SA 3.0）

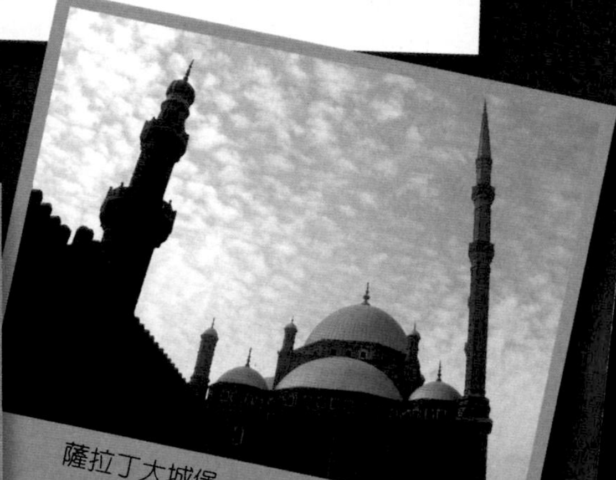

薩拉丁大城堡。（攝影者／顏敏如）

Fayom一景。（攝影者／顏敏如）